"PRI TRADICIÓN, LA HISTORIA REAL"

REGISTRO No. 10-458-269,
BOGOTÁ, COLOMBIA

EN COLABORACIÓN
CON
MR. RAJENDER PARSHAD
ARORA

RAJENDER PARSHAD ARORA

El señor Rajender Parshad Arora vive en Ghaziabad cerca a Delhi, capital de la India. Laboró en un banco en el Depto. de Capacitación aprox. 30 años. En el 2.001 tomó su retiro voluntario. Desde entonces se ha dedicado al estudio de la búsqueda de la verdad y en ayudar a otras personas. Así mismo se dedica a la traducción de escritos y revistas de su idioma Hindi al inglés.

Mientras laboraba para el banco, obtuvo su título de abogado, dedicándose a la lucha de las causas sociales.

Dice el señor Arora: "LUZ ELENA y yo nos hicimos amigos a través del internet y solíamos discutir cómo las mujeres de la India son víctimas de sus propias tradiciones antes de nacer, como el sistema de dote, castas y en general todas las costumbres que dañan a las mujeres. En esta forma nació la novela "PRISIONERAS DE TRADICIÓN, LA HISTORIA REAL".

LUZ ELENA EUSSE LÓPEZ

Vivo en Medellín, Colombia. Soy escritora de corazón. Hasta el momento he escrito:

"Amor otoñal"
"Buenos días Anochecer"
"¿Culpables o inocentes?"
"Dulce y pequeña Zoraida"
"Espinas en el camino verde"
"Hacia la Luz"
"Los perseguidos"
"Más allá de la muerte"
"Mi querida Lucero"
"Piedras en el alma"
"Pueblo negro y sus noches tenebrosas"
"Saltarín, el perrito mágico"
"Terror… en el vientre de Teresa"

"Todo por amor"

"Prisioneras de tradición, la historia real"

"La tarde era triste – La escribo en la actualidad.

Soy una persona de corazón humilde que solo busca ayudar al prójimo. En cada una de mis novelas dejo un mensaje positivo de amor a la humidad.

"Prisioneras de tradición, la historia real"

AGRADECIMIENTO

A Dios Nuestro Señor JESUCRISTO por darme la capacidad de escribir. Que todas mis obras sean para Tu Honor y Tu Gloria y que sirvan de ayuda a mi prójimo.

Así mismo quiero escribirla en agradecimiento a mi amigo hindú Rajender Parshad Arora, gran persona de noble corazón y sin cuya ayuda este libro no hubiera sido posible. Gracias mi amigo, no cambies nunca. Tu alma pura y sencilla te hace un ejemplo para la humanidad.

Luz Elena Eusse López

DEDICATORIA

Esta novela fue escrita como un homenaje a las mujeres hindúes que, antes de nacer, son prisioneras de sus propias creencias.

¡Qué triste es ver cómo en pleno siglo XXI aún existan mujeres que no tienen derecho a elegir al hombre que aman y casarse por verdadero amor!

Los matrimonios hindúes se hacen como un negocio, donde el padre de la novia entrega al novio y su familia la dote, es decir cierta cantidad de dinero, suma considerablemente alta, la cual puede enriquecer a la familia que la recibe.

Además, las niñas que contraen matrimonio pasan al servicio de su nueva familia, donde, muchas veces son maltratadas y pueden llegar a ser asesinadas si la suma de dinero entregada por su padre no es alta. Esto es lo que se denomina: "Quema novia o muerte por dote".

Este es un llamado a todas las mujeres hindúes para que piensen y reflexionen de que ellas también son seres humanos dignas de ser tratadas como personas. Dice un dicho: "A UNA MUJER NO SE LE HIERE NI CON EL PÉTALO DE UNA ROSA", o como escribió William Shakespeare en una de sus obras: "FRAGILIDAD: TU NOMBRE ES MUJER".

Como autora de este libro, quiero clarificar que siento gran respeto y admiración por la cultura India. Sus templos, idiomas, religión, deliciosas comidas, teatros, lugares hermosos como Malabar Hill, la música maravillosa, dulce y suave que invita a la meditación. Su cultura es generalmente deslumbrante, mi más sincera enhorabuena. Los protagonistas de esta historia sólo quieren abolir las tradiciones que hacen a las mujeres esclavas de estas creencias antes de nacer.

<u>Nota muy importante</u>: En los inicios, el sistema de dote tenía buena intención. Los padres la daban a la niña para su seguridad y bienestar. Sus papás, así como sus suegros regalaban especialmente oro, el cual le serviría para su comodidad. Con esta pequeña riqueza, la pareja de recién casados formaría su hogar y tendría con qué comprar utensilios, cama, muebles, etc. La dote fue dada para ello.

La lógica del padre de la muchacha al darle la dote, era que a las mujeres no se las tenía en cuenta al heredar las propiedades. Los hijos son los que tienen todo el derecho sobre la herencia, por lo tanto, la niña recibe algo de riqueza para iniciar su nuevo hogar. Pero el pueblo se volvió codicioso y las chicas son torturadas si su papá no les da una dote de gran valor. Este problema se ha incrementado con el tiempo. Como dice alguien: "Abuso de un principio no niega un principio"

Luz Elena Eusse López

"Prisioneras de tradición, la historia real"

INTRODUCCIÓN:

La India es un país con 1.28 billones de habitantes, cuya economía se destaca entre las cinco primeras del mundo; pero no obstante tanta riqueza, el 28.6% de la población vive en la pobreza absoluta. Su conformismo es increíble debido a sus creencias religiosas que los dividen en castas.

Nuestra historia será situada en la hermosa ciudad de Mumbai, conformada por un grupo de islas de la costa del mar arábigo, al oeste del país, la cual, por su puerto natural, es la capital comercial de la India. Es la metrópoli más poblada del país y la tercera en el mundo después de Tokio y ciudad de México.

Es la capital del estado de Maharashtra. Está conformada por siete islas y deriva su nombre de la diosa Mumbadevi, la divinidad de los pescadores. En la actualidad, la influencia europea se ve en sus modernos rascacielos y edificios coloniales.

No obstante tanto modernismo, aún se conservan sus tradiciones con sus numerosos templos hindúes, iglesias y mezquitas. Mumbai es el sueño del hombre pobre con deseos de superación.

Tienen aprox. 200 lenguas y dialectos, tanto propios como extranjeros. El maratí es tradicional en la India ya que el 43% de la población lo habla. Entre los idiomas extranjeros se encuentra el inglés y solamente el 1% de la población lo habla como lengua materna. Este idioma es muy común entre la clase alta de la ciudad. Los documentos oficiales se publican tanto en Maratí como en inglés.

"Prisioneras de tradición, la historia real"

Tienen diversas religiones como el budismo, el cristianismo, Jain, el judaísmo, el zoroastrismo y el sijismo, predominando el islam y el hinduismo. Mumbai es la ciudad más religiosa del país.

En la India se encuentran las más increíbles y absurdas tradiciones que hombre alguno pueda imaginar en pleno siglo XXI.

Pero en esta ciudad, con una economía rica, también existe una profunda pobreza la cual se puede ver en sus calles. Cada día llegan cientos de personas procedentes de las zonas rurales del estado de Maharashtra, que intentan escapar de la miseria de sus aldeas. Mientras que muchos encuentran trabajo y alojamiento adecuados, la mayoría de ellas viven en las calles o en los barrios de chabolas, los mayores de toda Asia.

Hasta un tercio de la población total de la ciudad vive en condiciones de pobreza extrema y muchos de ellos recurren a la mendicidad.

La educación primaria y secundaria depende de más de mil escuelas públicas y algunas privadas, donde se nota la influencia occidental. El uniforme es obligatorio y todas las materias, a excepción del hindú/maratí, se imparten en inglés. Las escuelas públicas son gratuitas, aunque masificadas y con un profesorado de una formación a veces escasa. Las escuelas privadas son muy costosas y por tal motivo, solo le sirven a la población adinerada.

La escuela comienza a los seis años de edad. A la educación primaria le sigue la secundaria, dividida en dos etapas, la primera entre los once y los quince años y la segunda entre los dieciséis y diecisiete.

"Prisioneras de tradición, la historia real"

Tras superar con éxito la educación secundaria, los estudiantes pueden optar por su ingreso en la universidad. Entre las clases económicas más desfavorecidas de la población de Mumbai, es habitual encontrar que los niños abandonen el sistema educativo prontamente por la necesidad de trabajar para contribuir a los ingresos familiares. Además, la dificultad de hacer frente a los gastos en material, libros y uniformes, que requiere la asistencia a la escuela, los hacen desistir de su preparación escolar.

En esta ciudad hay demasiadas personas que solamente tienen la esperanza de una vida mejor porque sus estómagos vacíos los impulsan a luchar tenazmente. Muchas veces consiguen superar sus problemas, pero otras, se dedican a la mendicidad como único recurso para conseguir algo de comida.

Es una sociedad muy injusta en la cual colaboran las ideas religiosas que de por si distribuyen a la población en castas y siembran en ella demasiado conformismo.

En la parte del Mumbai de economía media y baja se desarrollará la historia de Sudama y su familia, viviendo las tradiciones de su país, pero también logrando que una de sus hijas luche para que estas costumbres sean abolidas de su tierra y las mujeres logren su libertad y ocupen su puesto en la vida como verdaderos seres humanos.

Mujeres hindúes luchen por ustedes mismas, háganse respetar y terminen de una vez con la esclavitud a que son sometidas antes de nacer.

Luz Elena Eusse López

"Prisioneras de tradición, la historia real"

PRÓLOGO

Sudama, su esposa Puja y sus tres hijas: Kusum, la mayor, Juhi, la segunda y Pallavi, la menor, ocupaban un modesto apartamento en una zona de clase media llamada Dadar y pertenecían a la casta Agrawal donde el hinduismo estaba muy arraigado en sus habitantes.

Sus tres hijas, no obstante ser tan pequeñas: Kusum contaba con doce años, Juhi con diez y Pallavi con siete, llamaban la atención por su hermosura. Las tres eran de cabello negro y largo hasta la cintura. Sus pequeños cuerpos eran delgados y demostraban que con el paso de los años se convertirían en esculturales atrayendo la atención del sexo opuesto. Su piel morena, sus ojos negros, grandes y con largas pestañas, parecían acariciar a su interlocutor cada vez que los cerraban, sus lindas bocas eran de labios gruesos pero seductores, donde se veían sus blancos dientes que semejaban hermosas perlas adornándolas.

Sudama y Puja luchaban tenazmente para asegurar el futuro de sus hijas. En unos años las casarían y debían conseguir la dote para las tres. No deseaban que sus niñas sufrieran por falta de dinero. Ya tenían una suma ahorrada pero no era suficiente. El jefe del hogar abrió un pequeño almacén de zapatos llamado House Boat Agrawal. Puja preparaba almuerzos consistentes en curry, chapatis (especie de pan plano) y verduras cocidas o secas para vender a los oficinistas.

Las niñas asistían a la escuela pública. Después ingresarían a la secundaria y quizá, alguna de ellas, viajaría a otro país y se hiciera profesional. Pensaban que Juhi, la segunda de sus hijas y la más despierta e inteligente de las tres sería médica o una abogada famosa y ayudaría a las mujeres de su país a

"Prisioneras de tradición, la historia real"

liberarse de las terribles cadenas que las ataban antes de nacer.

De las tres hermanas, Kusum fue víctima del matrimonio por dote. Juhi sostuvo una dura lucha contra los sistemas de dote y castas, porque su amigo Alok, a quien ella amaba y solo se casaría con él, era de una casta llamada Meena y sus padres la consideraban inferior a la de ellos.

Juhi no permitiría que su hermana más joven, Pallavi, sufriera por culpa de la dote y clase social.

Juhi, ayudada por Alok y Pallavi logró que en todas las ciudades y pueblos de la India las mujeres se revelaran y no pagaran ninguna dote. Consiguieron el respeto que merecían en su país.

Los nombres de los tres héroes quedaron escritos en el libro de la historia hindú como los principales libertadores de las damas en su país.

"Prisioneras de tradición, la historia real"

CAPÍTULO UNO

Sudama, hombre alto, fuerte, corpulento, de facciones bruscas y color moreno, ojos negros y grandes, lo mismo que el escaso cabello que se veía en su cabeza tenía tres hijas con su esposa Puja: Kusum, Juhi y Pallavi, que despertaban admiración por su belleza. Las personas miraban a Sudama y sentían lástima por él. La gente pensaba: -¿Este pobre hombre cómo conseguirá la dote para sus tres retoños? -¿Qué pasará con ellas?

Aunque el padre de Sudama fue un hombre económicamente pobre, logró darle a su hijo buena educación. Trabajó en una oficina y gracias a sus ahorros y al dinero de su esposa Puja, abrió un pequeño almacén de zapatos llamado House Boat Agrawal y compró el diminuto apartamento donde vivían.

Habitaban en una zona de clase media llamada Dadar, situada en el corazón de Mumbia. Dadar es una estación del tren común a las líneas central y occidental, lo cual hace de este sitio uno de los más concurridos de la red.

"Prisioneras de tradición, la historia real"

Sudama y su familia pertenecían a la casta Agrawal. Ésta es una comunidad donde la mayoría sigue el hinduismo aunque hay algunos jaimistas. Sus leyendas dicen que este nombre significa: "Los hijos de Agrasena o el pueblo de Agroha" Su apartamento era de una habitación, con un mobiliario ínfimo para cinco personas. El piso era hecho en cemento. No había ventana hacia la calle. En el dormitorio escasamente se veían las sábanas en el piso, donde los integrantes de la familia dormían porque no tenían camas. En la cocina se hallaban los implementos donde Puja preparaba los almuerzos consistentes en curry, chapatis y verduras cocidas o secas que luego vendía en las oficinas, todas ubicadas al sur de la ciudad, ya que ésta es un tramo largo y estrecho, con un sistema de tren local que la atraviesa.

Durante las horas de la mañana los trenes locales son tan congestionados que las personas no pueden llevar sus cajas de almuerzo con ellos.

Puja vendía su comida a los asistentes de oficina porque no tenían a nadie en casa para prepararles el almuerzo.

El gran problema para Puja, es que si los trenes no funcionaban, se quedaba con los almuerzos preparados y debían consumirlos en el hogar y los oficinistas se quedaban con el estómago vacío.

Puja no podía perder tiempo ni dinero y después de las horas pico, aprox., a las 10.30 am, salía rápidamente con sus preciados almuerzos a tomar el tren Dabbavalas que salía del norte hacia el sur.

Cierto día decidió que los almuerzos que no vendía en las oficinas lo haría en la estación Dadar y le fue tan bien económicamente que, a partir de ese momento, su negocio de comida creció. Fuera de los oficinistas, a las miles de personas que pasaban por la estación les vendía, no almuerzos, pero sí su stuffed Paranthas (el cual es una especie de chapatí (pan plano) pero más grande, donde las verduras se trituran y se enrollan en masa de trigo y luego se cuecen añadiendo mantequilla o aceite hasta que aclare. Se envuelven en papel aluminio y se pueden comer bocado a bocado porque no necesitan cubiertos.

Obviamente los ingresos aumentaron, pero Puja no se atrevía a tocarlos pensando en el futuro de sus hijas.

Puja, mujer de baja estatura, morena, ojos grandes y negros, cabello largo recogido atrás en una cola de caballo. Al reír sobresalían en su boca los dos dientes de arriba. No era bonita, pero sí una excelente negociante. Siempre se la veía con la frente destapada y sin maquillaje. Trabajaba sin descanso porque solo pensaba en el dinero y el futuro de sus hijas. Era una persona muy ambiciosa.

Mientras iba en el tren se repetía una y otra vez que ellas, sus hijas, al ser tan hermosas estaban destinadas a grandes misiones en este mundo.

Recordaba historias de niñas abusadas y violadas por familiares, amigos, vecinos y elementos antisociales que le causaban miedo.

Las mujeres eran violadas en grupo, brutalmente golpeadas y asesinadas dentro de sus casas en presencia del esposo o familiares varones. Las niñas de 4-5 años eran abusadas con extrema crueldad.
En la India, muchos casos de violación no se reportan porque esto supone un estigma para la niña y se hace difícil casarla y a los padres de la joven no les queda otra opción

"Prisioneras de tradición, la historia real"

que unir a la chica con el violador. Solamente se informan a la policía cuando la muchacha es asesinada o tratada en forma brutal. Pero incluso en este caso, la ley está de parte del criminal y acosan a la víctima. Los culpables salen impunes y las martirizadas mujeres sufren insultos.

Lo mismo ocurrió en el caso de Noorie de quince años de edad, que fue brutalmente violada y asesinada. Aunque los abusadores eran conocidos por toda la localidad, ya que eran musculosos y pertenecían al bajo mundo, la policía dijo que no había pruebas contra ellos por lo tanto no registraron el hecho y después de algún tiempo lo cerraron como "sin resolver" afirmando que no pudieron localizar a los culpables.

Una de las amigas de Kusum, Shivani de 14 años, fue violada y sacrificada en un contenedor de basura cerca de su casa. Ella y su familia eran tan pobres que vivían en tugurios. La niña fue vendida a Savir por Rs 70,000.00. Kusum simulaba dormir, pero temblaba de terror escuchando a sus padres comentar el triste final de Shivani a quien extrañaba muchísimo. La policía no tomó ninguna medida al respecto. Pero lo más doloroso era que los padres de la niña no hicieron nada para que el culpable pagara su delito porque era obvio que el asesino de Shivani era Savir.

Juhi, aunque más joven que su hermana, era más despierta y sabía lo sucedido a Shivani. Estaba segura que los padres de ésta, Amba y Mahesh, no tomaron ninguna acción contra Savir porque les había pagado una suma por encima del precio de compra, la cual sería utilizada para casar a la segunda de sus hijas, Krishna. Ellos conspiraron en el asesinato de Shivani porque con ella muerta y Krishna casada, salvarían su "honor" ante la sociedad. Vivían en la pobreza extrema y su única opción sería permitir que las otras dos niñas solteras trabajaran como prostitutas.

Puja, sacudiendo su cabeza, pensaba de nuevo que afortunadamente sus hijas salían de la escuela a las tres de la tarde y tenía tiempo suficiente para vender sus almuerzos y regresar rápidamente a recogerlas. No permitía que anduvieran solas por la calle para evitar una tragedia, sobre todo a Kusum que era la mayor y a sus doce años se formaba como una hermosa mujercita.

Los almuerzos de Puja eran famosos por sus deliciosos chapatís, Paranthas rellenas y verduras cocidas. Su sabor y buen cocimiento los hacían diferentes teniendo gran ventaja sobre los demás vendedores. Cuando sus hijas no se hallaban en la escuela le ayudaban a preparar los alimentos que venderían, tanto en las oficinas como en la estación.

Puja pensaba muchísimo en sus tres hermosas hijas. Trabajaba sin descanso para darles la dote completa al momento de su matrimonio. Esperaba conseguir más de un millón de rupias para cada una. No tenía suficiente dinero ni siquiera para Kusum, que era la mayor. Siempre estaba preocupada y pensaba en la forma de conseguir más capital para casar a las dos menores. Recordaba cuando los vecinos le aconsejaban matar a la más joven, aún estando en su vientre porque tres hijas son una carga.

Afortunadamente Lakshya, el hijo de Ghanshyam y Parvati, los amigos de su esposo, había mostrado interés por Kusum. Aunque apenas era una niña se la entregarían a él. Era una familia religiosa y pertenecía a la clase alta de la ciudad. Además eran de su misma casta Agrawal. Estaban seguros que Kusum quedaría en excelentes manos y jamás la torturarían en caso de llevar una dote de menor valor. Ya era una mujercita y el día que la pidieran se la entregarían así fuera a sus dieciséis años.

"Prisioneras de tradición, la historia real"

El verdadero nombre de Sudama era Naveen Kansal. Porque Kansal es una sub-casta entre Agrawals. Lo llamaban Sudama debido a su amistad con Ghanshyam Goel. Goel es también una sub-casta entre Agrawals después de la legendaria amistad entre el Señor Krishna y Sudama. Naveen Kansal y Ghanshyam Goel fueron compañeros de clase. Mientras que el primero destacó en los estudios, el segundo no hizo nada en la escuela y se fue rápidamente. Con el uso de métodos y sobornos sin escrúpulos para tomar propiedades y obtener lucrativos contratos gubernamentales, Ghanshyam obtuvo muchísimo dinero y pronto se hizo rico. A pesar de la excelencia de Sudama, no pudo conseguir un buen empleo. Trabajó con una empresa privada por un tiempo y después de guardar un poco de dinero abrió su tienda de zapatos que le producía suficientes ingresos para pagar sus gastos mensuales.

Kusum, la mayor de doce años, era una niña alta para su edad, su cuerpo se formaba esculturalmente, con su cabello negro, lacio cayéndole sobre la espalda, sus ojos grandes negros, sus largas pestañas, sus dientes tan blancos, la hacían semejante a una diosa mitológica. Era una niña muy juiciosa, seria, bien educada y en la escuela se encargaba de cuidar a sus hermanas.

Juhi, la segunda, era muy inquieta y le gustaba jugar con su amigo Alok. A pesar de su corta edad, pensaba que cuando fuera mayor Alok sería su compañero de por vida. Juntos planeaban un futuro mejor. Amaban su país y su cultura, pero rechazaban las tradiciones que esclavizaban a las mujeres.

Kusum reprendía a Juhi prohibiéndole hablar con su amiguito porque sabía que sus padres no le permitirían

"Prisioneras de tradición, la historia real"

casarse con él por ser de la casta Meena. Juhi se reía de ella sin hacerle caso.

Alok Verma era un joven de 15 años. Demasiado alto para su edad, ya que rondaba los 1,80 mts., de estatura, de cuerpo musculoso, piel morena, ojos negros, boca de labios pulidos donde se veían sus blancos dientes y su sonrisa era hermosa y seductora. Alok tenía una voz maravillosa y cantaba tan bonito que las personas que pasaban junto a él le pedían otra canción.

Cuando tenía seis años, le ayudaba a un extranjero que tocaba la guitarra y enseñó a Alok como manejar este instrumento al sentir la maravillosa voz del niño.

Aún conservaba su vieja guitarra que pedía a gritos una reparación. Siempre que cantaba pensaba en Juhi y le dedicaba:

Cuando yo vi a esta muchacha, ella me pareció como ...
Como un florecimiento se elevó;
Como el sueño de un poeta;
Como un rayo encendido de luz;
Como un ciervo en el bosque;
Como una noche de luna; como una palabra suave;
Como una vela que se quema en el templo.
Cuando yo vi a esta muchacha, ella me pareció como ...
Como la belleza de la mañana;
Como luz del sol de invierno;
Como una nota del laúd;
Como la esencia de todo el color;
Como una vid que tuerce;
Como el juego de ondas;
Como un viento chulo perfumado.
Cuando yo vi a esta muchacha, ella me pareció como ...

"Prisioneras de tradición, la historia real"

> Como una pluma que baila; como un hilo de seda;
> Como una melodía de hadas;
> Como el fuego de sándalo;
> Como los dieciséis ornamentos (tradicionales) de belleza;
> Como una niebla refrescante;
> Como un lento sentimiento de amor.
> (Canción hindú The song 'Ek Ladki Ko Dekha' de la película "A Love Story 1.942").

Las personas que pasaban a su lado lo aplaudían depositando una moneda en el pequeño recipiente que tenía a su lado.

Alok gozaba con las ocurrencias de Juhi cuando le decía que se casaran y huyeran lejos, a otro país donde fueran libres para amarse. Era feliz viéndolo reír porque en verdad era un espectáculo ver esa boca tan hermosa, varonil y seductora. Juhi creía morir de amor y apenas tenía diez años. Aunque Sudama y Puja prohibieron a su hija ver a su amigo, ésta no hacía caso y tremendos castigos se ganaba por desobediente pero no le importaba. Mientras recibía los golpes de su padre cerraba los ojos recordando la hermosa sonrisa de su amado Alok, quien era despreciado por ser más pobre que ellos. Siempre que podían andaban juntos seguidos por Pallavi que amaba más a su hermana Juhi porque era divertida y Kusum demasiado seria.

Alok vivía en una zona marginal llamada Dharavi conocida como la mayor área de tugurios en Asia. Ubicada en medio de Mahim al occidente y Shadow City y entre los dos principales suburbios a lo largo de la línea férrea Ferrocarril Occidental y Central. La pobreza del lugar y su drenaje hacen esta zona vulnerable a las inundaciones.

Alok vivía con sus padres Akhilesh y Uma, porque sus dos hermanas Induja y Shaila estaban casadas. Su papá les dio

"Prisioneras de tradición, la historia real"

una dote tan pequeña que las jóvenes eran maltratadas y torturadas por sus esposos y sus respectivas familias. Alok se decía una y otra vez que se iría de la India por unos años pero regresaría convertido en un cantante famoso y millonario y cuando estuviera de nuevo en su país sus cuñados pagarían el agravio a sus hermanas.

Eran personas de escasos recursos económicos. Vivían en los alcantarillados porque era el único refugio que encontraron al llegar a Mumbai procedentes de la ciudad de Mumbra a escasos 40 kilometros, conectadas por carreteras y el tren local. Su clima sofocante y húmedo los desesperaba porque en su humilde vivienda no existían ventanas ni patios que les dieran algo de ventilación. Además, con el trabajo de artesano de Akhilesh no sobrevivían y para su desdicha, con el matrimonio de Induja y Shaila vendieron su casa y no tenían donde pernoctar. Emigraron a Mumbai sin dinero y sin amigos. Su único refugio fueron los alcantarillados.

Alok, desesperado por la situación de sus padres decidió, que mientras terminaba la escuela secundaria para irse lejos de su país, cantaría en los parques, en las estaciones del metro, es decir donde hubiera muchísima gente reunida para conseguir dinero. Llevando en su mente a su amada Juhi, interpretaba, con su maravillosa voz acompañado de su vieja guitarra:

Eres la luna llena. ¿O el sol?
Lo que eres, te lo juro por Dios, usted está más allá de comparar.
Tu pelo es como una nube suave besando sus hombros.
Tus ojos son como dos copas de vino.
Y el vino que está lleno de la intoxicación del amor.

17

"Prisioneras de tradición, la historia real"

> Eres la luna llena. ¿O el sol?
> Lo que eres, te lo juro por Dios, usted está más allá de comparar.
>
> Su cara es como una hermosa flor de loto que florece en un lago.
> ¿O es como una oda al instrumento de la vida?
> Mi amor eres el sueño de un poeta.
> Eres la luna llena. ¿O el sol?
> Lo que eres, te lo juro por Dios, usted está más allá de comparar.
>
> Su sonrisa es como un rayo jugando en tus labios.
> La naturaleza entera le saluda en cada paso.
> De todas las bellezas del mundo, eres el epítome.
> Eres la luna llena. ¿O el sol?
> Lo que eres, te lo juro por Dios, usted está más allá de comparar.
> *(Canción traducida del Hindi de la película 'Chaudahvin Ka Chand'; Singer: Mohammed Rafi; Lyricist: Shakeel Badayuni).*

Efectivamente su idea resultó tan buena que siempre llegaba sonriente en las horas de la madrugada a reunirse con sus papás. Al principio no les dijo nada porque si soltaban la lengua les robarían el dinero. Hizo prometer a sus padres que guardarían silencio. Pocos días después tenían ahorrado para rentar una habitación en un chawl, aquel tipo de edificio que consta de cuatro a cinco pisos y donde hay aprox. diez a veinte viviendas en cada uno, conocidas como Kholis, la cual estaba ubicada cerca de la casa de su amiguita Juhi porque así podrían verse más seguido.

"Prisioneras de tradición, la historia real"

Los chawls son habitaciones adaptadas para viviendas, donde estaban la sala de recibo, dormitorio y la cocina que sirve de comedor pero también puede ser utilizada como alcoba por una pareja de recién casados para darles un poco de intimidad. Los alquileres mensuales cuestan aprox. 1.000 rupias. En cada piso las familias comparten los baños y sanitarios o letrinas. En cada bloque hay de cuatro a cinco.

Las habitaciones con baño privado cuestan más dinero, aprox. un 50% más que un chawl común.

La privacidad que tienen los habitantes de un chawl es poca debido a la cercanía de los cuartos, por lo tanto, las noticias y los chismes corrían de inmediato. Pero la gente se sentía bien ayudándose unos a otros en los momentos difíciles como si realmente fueran una gran familia.

Alok y Juhi estaban enamorados. Aún eran adolescentes. Pasarían muchos años antes de casarse. Así se opusiera el mundo entero pero su amor estaba por encima de todo. Ambos hicieron una pequeña incisión en la mano derecha jurándose amor eterno. Siempre buscaban la manera de estar juntos aunque fuera por pocos minutos durante el día. Cada vez que se separaban se juraban de nuevo amarse por el resto de sus vidas.

Había días en que Alok se ubicaba muy cerca de la casa de Juhi y comenzaba a cantar para que ella escuchara:

Bajo el cielo azul profundo,
El amor a la tierra florece.
De esta manera en este mundo viene a que apunte el día;
Y así también por la noche
El rocío cae en las flores;

> Y ambos se dan cuenta de sus aspiraciones.
> Bajo el cielo azul profundo,
> El amor a la tierra florece.
>
> Enredaderas se balancean al jugar,
> Abrazando alrededor de los árboles.
> Bajo el cielo azul profundo,
> El amor a la tierra florece.
>
> El agua del río se encuentra así misma
> Y fluyen hacia el océano.
> Bajo el cielo azul profundo, el amor a la tierra florece.
> *(Canción traducida del Hindi de la película 'Hamraaz';*
> *Singer:*
> *Mohinder Kapoor; Lyricist: Sahir Ludhianavi)*

Puja, la mamá de Juhi, sabía para quien era el canto y le prohibía salir. La niña ya no reía tanto. Se volvió más rebelde y no hacía caso a sus padres que la castigaban por todo. Lo más triste, pensaba Puja, es que Pallavi, la menor, estaba siguiendo los pasos de su hermana. Pero no podía dedicarse a entender las rabietas de las más jóvenes. Kusum tenía dieciséis años y había que casarla. Cuando hablaban del tema, Juhi miraba con ira a sus padres pero no decía nada porque no la tendrían en cuenta. Recordaba a Shivani. Algún día averiguaría lo sucedido y Savir pagaría muy caro el haberla violado y matado.

Juhi amaba a su país, su cultura, sus deliciosas comidas, sus teatros, la historia de sus antepasados, los sitios culturales, los restaurantes. Sentía respeto por su tierra, a excepción de las tradiciones por dote, muertes por honor y todo aquello que dañaba a las mujeres hindúes. Ellas eran tan libres como los hombres y debían tomar su sitio en la sociedad,

"Prisioneras de tradición, la historia real"

pero sobretodo en su propia vida. Pensaba en el futuro y en lo que haría cuando fuera profesional.

Alok terminaría su escuela secundaria en dos años. Él y Juhi deseaban viajar al extranjero donde fueran libres de la tiranía de los sistemas de castas y dote. Pensaban en su pobreza y su sueño parecía inalcanzable, sin embargo, estaban seguros de llegar a los Estados Unidos. Aparte de respirar el aire libre de esta nación, querían adquirir conocimientos y ganar dinero con el fin de regresar a la India siendo poderosos y erradicar las tradiciones que esclavizaban a las mujeres de su país. Alok quería estudiar música y convertirse en un cantante famoso y millonario. Estaba seguro de obtener resultados extraordinarios en los exámenes de la escuela secundaria porque pensaba que eso sería allanar el camino para su marcha al extranjero. Mientras tanto, cantaba en los parques o donde fuera para obtener dinero.

Lo mismo pensaba Juhi y estaba segura de que se reuniría con él después de varios años. Disfrutarían de su maravilloso amor sin ningún temor. Viajarían al Norte, Centro y Sudamérica para estudiar sus costumbres, pero sobretodo, gozar de la maravillosa libertad que prevalece en la tierra descubierta por Cristóbal Colón.

Los adolescentes deseaban crecer rápidamente, viajar a otro país y conocer la libertad que disfrutan las damas. Adquirirían conocimientos a través de los libros que les prestaban en la biblioteca. Supieron todo el honor y respeto que se dio a las damas en la antigüedad. Los hombres morían por salvar el honor de la mujer. Para ellos era triste pensar que en el pasado las adoraban en todas las formas: Hija, hermana, madre, y hoy en día las insultaban y mataban.

"Prisioneras de tradición, la historia real"

Cuando Alok y Juhi, seguidos por Pallavi, se hallaban lejos de sus hogares y la escuela, unían y levantaban la mano derecha diciendo en voz alta, siendo imitados por Pallavi y el pequeño grupo de personas que se congregaban alrededor de ellos: -No más violencia. -No más tradiciones. -No más muertes por dote. -Se acabó la quema de novias. -No más niñas asesinadas. -No más abortos. -No más abusos contra las mujeres. Sus rostros estaban rojos por la ira que sentían. Alok recordaba a sus hermanas y Juhi se estremecía al pensar en Kusum, porque no le gustaba el marido elegido para ella.
Lakshya e Hiresh eran los dos hijos de Parvati y Ghanshyam. Estas cuatro personas tenían algo en sus ojos que causaba miedo. Cada vez que Lakshya veía a Kusum, parecía devorarla. Si pudiera, evitaría el matrimonio. Pero, ¿Quién escucharía a una niña de 13 años de edad?

El tiempo pasaba lentamente para los amantes. Alok y Juhi se dedicaron a sus estudios. El joven trabajó incansablemente cantando en los parques, estaciones, calles más transitadas, en todas partes. Poco a poco conseguía dinero, el cual entregaba a sus padres, siendo de gran ayuda, porque sus ganancias en el negocio de las artesanías eran pocas. El joven sabía que no los podía abandonar a su suerte cuando estuviera lejos de su país. Por supuesto, continuaría trabajando en los Estados Unidos y enviándoles más dinero. Dos años más y terminaría la escuela secundaria. Tenía la esperanza de obtener una beca, pero con ella o sin ella, se iría, estudiaría música, se haría famoso y ganaría una fortuna.

Juhi, ya no reía tanto. La vida se había convertido en un objetivo muy serio para ella. A sus trece años se transformaba en una hermosa mujer. Pensaba siempre en la misión que ella y Alok se habían impuesto. Tres años más y terminaría la escuela secundaria. Ingresaría a la universidad de Mumbai a estudiar leyes y luego correría a los Estados Unidos a encontrarse con su amado Alok, donde la esperaba un mundo lleno de libertad, la cual creía sentir en cada parte de su cuerpo.

Mientras Juhi pensaba como adulta, en otro lugar de la ciudad, Ghanshyam Goel y su familia, vivían en un espectacular apartamento, en el piso doce de un lujoso y moderno edificio de treinta pisos, en la zona de Malabar Hill donde se encuentran las casas más costosas del mundo. Una de las razones es la playa Chowpatti y la vista Nariman Point. Esta zona es muy conocida por el templo Walkeshwar donde se encuentra el tanque de Banganga que es un recinto de templos tranquilos donde se bañan los peregrinos, no hay tráfico y las calles son pintorescas con sus casas antiguas. El poste de madera en el centro del tanque es el eje de la tierra. Según la leyenda, el señor Ram creó el tanque por la perforación de la tierra con su flecha. Hay un crematorio cerca del mar, que es el hogar de los santuarios del gurú de SriNisargadatta Maharaj, así como el santuario Samadhi de varios santos hindúes famosos. Tiene escotillones de rascadores y palacios privados. Uno de los oasis más sagrados y tranquilo de Mumbai se oculta entre bloques de apartamentos en su extremo sur.

El apartamento tenía un hall de ingreso, con baño social, la sala de recibo era inmensa, con estudio integrado y chimenea. El comedor de doce puestos para atender a los innumerables visitantes, era independiente de la sala, con una hermosa vista hacia la playa. Tenían cuatro habitaciones, fuera de la oficina y estudio del jefe, cada una con su baño privado, sala de televisión, aire acondicionado y vestier. El piso era en madera. El comedor y el resto del

"Prisioneras de tradición, la historia real"

apartamento tenían su piso en mármol y la cocina en porcelana. El cuarto de servicio tenía baño integrado. Tenían cuatro parqueaderos. En el segundo nivel se encontraba la oficina del nuevo congresista.

La empleada doméstica vivía con ellos. Debido a las innumerables visitas que recibían a diario, tenía que trabajar las 24 horas del día.
Ghanshyam Goel y su familia eran millonarios y creyentes en su fe hindú. En la ciudad los admiraban por su caridad con la gente de escasos recursos económicos. Eran un ejemplo para la sociedad. Tenían varios negocios como fábricas de zapatos, de ropa, cadenas de restaurantes. Ghanshyam era socio de varios bancos y pertenecía a la junta directiva de los mismos. Fuera de eso, era un político de mucho prestigio. Su esposa Parvati se hizo famosa por su ayuda a los niños abandonados en los hogares especiales y hospitales. Los hijos manejaban las empresas. La familia completa iba a los lugares de peregrinación y hacían grandes donaciones en los templos.

Ghanshyam era moreno, delgado, medía 1,70 metros. Ojos pequeños y negros donde se leía su falta de sinceridad. Solo pensaba en hacer dinero. Fue compañero de estudio de Sudama durante su niñez. Pertenecían a la misma casta: Agrawal y juntos asistieron a la misma escuela primaria pública ya que ninguno de los dos padres tenía dinero para que sus hijos estudiaran en otro sitio de más categoría. El primero despreciaba a su amigo y se ría de él porque el papá era menos afortunado.

Ghanshyam abandonó los estudios prontamente. A la edad de veinte años aún continuaba en el hogar para desespero de sus padres que lo veían perder el tiempo. Como era hijo único hacia lo que quería. Perdió el contacto con Sudama, su

"Prisioneras de tradición, la historia real"

compañero de estudio. Pasaron muchos años para su reencuentro.

Cerca de la casa de Ghanshyam, vivía una niña de 16 años llamada Parvati Mittal, de 1,65 de estatura, bonito cuerpo. De piel y ojos negros. Su cabello largo del mismo color. Su boca era de labios gruesos y atractivos. Sus padres no eran millonarios pero vivían decorosamente y nada le faltaba. Parvati jamás salía sola, siempre la acompañaba su mamá o su papá, que ya pensaban en casarla porque más tarde sería muy difícil encontrarle esposo.

Parvati era ambiciosa. Solo pensaba en ser millonaria y tener empleados que la sirvieran. Deseaba sobresalir en la sociedad hindú. Soñaba dando órdenes y que los demás corrieran al escuchar su voz. No sabía cómo lograr la admiración ajena. Se sentía orgullosa porque su papá tenía el dinero completo para su dote cuando se casara. Su única solución era contraer matrimonio y no permitir que los padres de su esposo la maltrataran. Su progenitor era un hombre juicioso y desde antes de contraer matrimonio ahorraba dinero y había juntado 20 lakhs rupees, una suma muy alta en esos días y la cual daría al esposo de su hija y su nueva familia.

Ghanshyam veía diariamente a su vecina. Supo que era hija única y vivía mucho mejor que él. Pidió a sus padres que hablaran con los papás de Parvati y arreglaran su matrimonio. Con la dote de su mujer iniciaría cualquier negocio aunque fuera pequeño y con sus habilidades pronto sería millonario.

Era más ambicioso que su futura esposa y no dormía pensando en el dinero que recibiría con dicho matrimonio.

"Prisioneras de tradición, la historia real"

Seis meses más tarde, Ghanshyam y Parvati, dos jóvenes egoístas y ambiciosos que iban por el mundo sin importarles los demás se unieron en matrimonio. La joven fue a vivir con su nueva familia, es decir sus suegros y su esposo. Cuando su marido no estaba en la vivienda, la muchacha trataba mal a sus padres políticos. Se burlaba de ellos diciéndoles que gracias al dinero de su papá no se morían de hambre. Les pegaba y los insultaba con palabras feas. Los dos adultos le inclinaban la cabeza por dos razones: Si se quejaban a su hijo, éste estaría al lado de Parvati, quien le había dado más riqueza que ellos y segundo, porque si los acusaba ante la ley por maltrato irían a la cárcel. Parvati sabía esto y abusaba de la ley que la protegía. No los atendía y pasaba el día echada leyendo o viendo la televisión, mientras su suegra hacía las labores de la casa.

Su suegro trabajaba en un pequeño negocio de comida. Parvati nunca visitaba a sus papás, como si nunca hubieran existido. Ghanshyam se daba cuenta del mal trato a sus padres pero no le importaba. En su mente solo estaba la idea de ser millonario.

Con el dinero de la dote abrió un almacén de ropa y contrató dos empleados. Sus productos eran costosísimos. Engañaba a sus clientes con los cambios cuando pagaban la mercancía y si le hacían algún reclamo se enfurecía. A sus empleados no les abonaba el sueldo completo y si se enojaban los despedía contratando nuevos trabajadores. A sus proveedores no les pagaba la mercancía y los cambiaba frecuentemente, así obtenía gratuitamente los productos que vendía.

Tres años después de abrir su negocio ya había recuperado el dinero invertido, por lo tanto, decidió abrir una oficina de asesorías de personal temporal para trabajar en las empresas

"Prisioneras de tradición, la historia real"

que necesitaran gente. Este negocio le daba grandes ingresos porque a las personas que llevaban su hoja de vida les cobraba una suma alta y así mismo, a las empresas que lo contactaban les exigía muchísimo dinero para enviarles el personal. Además, cada mes le tenían que pagar comisión por los servicios prestados.

Aunque raras veces las mujeres trabajaban en la calle, Parvati, que cada día se volvía más y más exigente con su marido y sus suegros, pasó a manejar el almacén de ropa para alegría de los papás de Ghanshyam. A éste y su esposa no les interesaba cuidar de sus padres y decidieron dejarlos abandonados a su suerte y se fueron a vivir a un sitio de más categoría. Ya se les notaba el progreso económico.

No conforme con estos negocios, con la ayuda de amigos rufianes decidió comprar un terreno económico y venderlo por el triple de lo que pagó. Como le salió tan bien, adquirió muchos lotes vendiéndolos a un alto costo. Sus ingresos aumentaban a pasos agigantados.

Uno de sus amigos tenía una cadena de restaurantes. Era un negocio próspero, pero a éste le resultaba difícil administrarlo debido a mafiosos que exigían Hafta (dinero de protección recogido por la fuerza) de él. Ghanshyam se hizo cargo de la empresa en virtud de un acuerdo de pago de una suma fija al amigo. Pero tan pronto tuvo el control total dejó de amortizar y amenazando de muerte al dueño de la cadena de restaurantes lo obligó a transferir la propiedad a su nombre sin pago alguno debiendo alejarse de la ciudad para siempre. Los restaurantes fueron visitados por pandilleros y confidentes de los ministros. Ayudaron a Ghanshyam a tomar más propiedades y contratos gubernamentales lucrativos en la bolsa. Ahora el dinero fluía a Ghanshyam. Adquirió otras empresas. Parvati abrió

"Prisioneras de tradición, la historia real"

tiendas de ropa ya confeccionadas.

El ideal de la pareja era comprar un apartamento en Malabar Hill y vivir como gente importante y adinerada. Se olvidaron de sus respectivos padres, a quienes no volvieron a ver. No les importó la suerte de cuatro personas de la tercera edad. Solo pensaban en ellos.

Ya llevaban cuatro años de casados y Parvati no quedaba embarazada, entonces Ghanshyam decidió matarla y conseguir otra esposa que le diera hijos, pero afortunadamente para ella, nueve meses más tarde dio a luz gemelos a quienes bautizaron con los nombres de Lakshya e Hiresh.

Los almacenes de ropa eran atendidos por un empleado de confianza de Ghanshyam.

Pero la ambición de este hombre no tenía límites. Deseaba tener el poder para conseguir contratos y así estafar a más gente. Tenía muchísimo dinero ahorrado conseguido en sus negocios sucios y comenzaría la campaña política. Por ahora se contentaría con ser congresista y algún día: -¿Por qué no? Sería Ministro del gobierno hindú. Se unió al partido político 'Hindu Vichardhara' el cual es muy prominente en la ideología hindú.

Parvati y él, eran personas falsas, ambiciosas, crueles y egoístas que trataban mal a las personas que les servían. Las explotaban y les pagaban un salario ínfimo. Aparentaban una falsa fe en Dios para que los demás los admiraran. Iban a los sitios de peregrinación y hacían grandes donaciones. Visitaban hospitales, hogares para niños abandonados, casas de ancianos, escuelas y tugurios, llevando regalos, tales como ropa, almuerzos, juguetes, etc. De esta forma

"Prisioneras de tradición, la historia real"

ganaban el corazón de las personas que seguramente les darían sus votos para el congreso. En pocos años había hecho una gran fortuna y gastaría parte de ella en su campaña política.

Ghanshyam comenzó la campaña política con gran éxito. Hacía discursos públicos en toda la ciudad, imprimió volantes de propaganda que hacía repartir puerta a puerta. Tenía más de mil colaboradores entre la gente a quienes él y Parvati les ayudaban económicamente. Así compraba votos. Sobornaba a los votantes con licor y otras compensaciones.

Aunque el límite de dinero para gastar por un candidato era Rs. 1,5 mil rupias, Ghanshyam ya había pasado más de Rs. 1,5 millones de rupias repartiendo regalos y licor entre los pobres. Además, cada ocho días alquilaba un teatro y traía cantantes famosos. Los conciertos eran libres porque él asumía los costos de estos eventos. Prometió mejores salarios, fuentes de empleo y casas para los pobres. Cuando se anunciaron los resultados de las elecciones, Ghanshyam fue elegido por amplio margen sobre sus opositores.

Ghanshyam y su esposa Parvati se convirtieron en personas famosas en la ciudad. Eran respetados por todos los ciudadanos que no sabían la triste realidad de la gente que servía a estas dos personas egoístas y sin corazón que solo pensaban en ellos. Se reían de quienes lo aclamaban como el nuevo congresista del pueblo y su distinguida esposa. Soñaban con las inmensas ganancias que tendrían ahora que era un político famoso. Obviamente no cumpliría lo prometido durante la campaña. Haría ofertas lucrativas mediante manipulación.

Atendía sus negocios en una lujosísima oficina con la ayuda de una hermosa secretaria llamada Priya, a quien convirtió

"Prisioneras de tradición, la historia real"

en su amante, pero a los ojos de su familia y su esposa eran simplemente jefe y empleada. Era hermosa, de cuerpo esbelto, cabello corto muy negro haciendo juego con sus pequeños ojos. Parvati sabía de esta relación pero prefería callar y vivir como si Priya no existiera, pero en su mente pervertida buscaba la forma de deshacerse de ella sin que nadie se diera cuenta.

Ghanshyam contactaba a las empresas constructoras para mejorar las calles de la ciudad, o hacer un parque, o viviendas con la disculpa de que sería para los pobres, pero claro que las vendería y obtendría maravillosos ingresos. Les decía que el contrato sería otorgado a ellos a condición de que le pagaran una gran suma de dinero. No volvió a visitar los barrios pobres de la ciudad y cuando lo llamaban, Priya los atendía y siempre tenía la disculpa de que el congresista estaba muy ocupado.

Cierto día, su ex compañero de clase, Sudama, lo visitó con su familia. El Congresista los recibió únicamente porque la belleza de las tres chicas le llamó la atención. Sudama le solicitó trabajo de medio tiempo para completar sus ingresos y ahorrar más dinero para la dote de sus hijas. Ghanshyam respondió que no le ayudaría porque deseaba hacerle su pariente. Así mismo le dijo a Sudama que no requería de mucho dinero para la dote de sus hijas. Le pidió cuidar de ellas porque estaba interesado en casar a su hijo Lakshya con Kusum sin pedir la respectiva dote, pero su pensamiento era muy diferente. Todavía eran niños, pero en pocos años podrían unirlos. Parvati, que estaba en la oficina de su marido, estaba de acuerdo con la elección de Kusum para Lakshya.

Sudama, Puja y Kusum estaban felices al ver que una familia tan importante se interesaba en ellos. Como tenían

"Prisioneras de tradición, la historia real"

tanto dinero seguramente la niña no sería torturada ni atormentada si el monto de la dote no estaba completo. Juhi, aunque era muy pequeña pensaba que esa familia no le gustaba, pero debía permanecer en silencio por respeto a sus padres.

Ghanshyam pensaba que exigiría a Sudama la dote completa y si no la entregaba se vengaría en su hija Kusum, por más hermosa que fuera pagaría con creces la miseria de su padre.

Priya se convirtió en su objetivo sexual. Sabía que si hablaba la mataría. Estaba sometida a los caprichos de su jefe. No podía tener otro amor y mucho menos pensar en matrimonio. Debía estar a disposición del nuevo congresista día y noche.

Los años pasaban y los hijos de Ghanshyam y Parvati, lo mismo que las niñas de Sudama y Puja crecían y dejaban la niñez para convertirse en adolescentes.

Lakshya e Hiresh terminaron la secundaria con muy mala reputación en el colegio. Eran malos estudiantes. Peleaban con sus compañeros. Les robaban los lápices. Les quitaban las loncheras y rompían sus cuadernos con las tareas escolares. Los profesores no les decían nada por miedo al congresista y su esposa. Demostraron la maldad de su corazón al reírse del pueblo haciendo demasiadas promesas que no cumplieron.

No quisieron ingresar a la universidad a estudiar derecho, no obstante ser presionados por su padre que los veía en sueños como grandes políticos. Ghanshyam castigó a sus hijos obligándolos a trabajar en sus fábricas por un salario ínfimo y miserable, al igual que a sus demás empleados. Vivían sin dinero en los bolsillos. La ambición los dominó y

"Prisioneras de tradición, la historia real"

comenzaron a robarle a su papá, que no se daba cuenta de los desfalcos porque ellos conseguían factura falsas para justificar la falta de dinero.

Lakshya estaba aburrido con la vida que llevaba al lado de sus miserables padres que no le daban dinero no obstante tenerlo a montones. Que su hermano siguiera de tonto dejándose explotar, pero él no lo haría.

A Lakshya le gustó la idea de su matrimonio con Kusum. La muchacha era muy bonita, además, con la dote de la boda, se iría lejos y ella que se quedara sirviéndole a sus padres. Sudama se convertiría en su deudor y tendría que darle dinero cada vez que lo necesitara.

Por su parte, Kusum estaba muy contenta por la idea de la boda con Lakshya, Era un muchacho atractivo, alto, musculatura atlética, ojos grandes y negros, boca seductora. Se estaba enamorando de Lakshya. Solo lo vio una vez y le gustó. No le permitirían verlo hasta el día de la boda pero estaba segura que no cambiaría y seguiría siendo el joven atractivo. Juhi suplicaba a su hermana que no se casara con Lakshya, pero ella, emocionada por su boda, no la escuchaba.

Pasó el tiempo en la vida de estas familias. Alok pasó sus exámenes de la escuela secundaria con notas excelentes. Una organización de los Estados Unidos puso en marcha un plan de asignación de cupos en sus universidades a los estudiantes meritorios. La selección se hizo en base a una prueba escrita y a la entrevista. Alok fue seleccionado y se marchó a los Estados Unidos para ingresar a la universidad de Harvard ubicada en Cambridge, Massachusetts.

Juhi estaba triste por su partida, pero feliz porque

"Prisioneras de tradición, la historia real"

comenzaban el largo camino que debían recorrer para iniciar su misión de salvar a las mujeres hindúes de las tradiciones.

Algún día viajaría a los Estados Unidos y se uniría a su amado Alok. Sabía que debía estudiar leyes en la universidad de Mumbai ubicada en el barrio Maharashtray. Cuando fuera profesional sería el momento de correr a los brazos del hermoso cantante hindú que, ansioso, esperaba a que los años pasaran. Los padres de Juhi no se opondrían a sus planes porque sabían que ella estaba destinada a realizar grandes misiones en este mundo.

Juhi estuvo en contacto con Alok a través de internet. El muchacho le decía que trabajaba cantando, haciendo aseo, mandados, que había arrendado un cuarto donde vivía tranquilo, mientras en la universidad de Harvard conocían sus cualidades musicales para que le asignaran su propio dormitorio.

Se ganaría este derecho porque se había preparado desde la secundaria estudiando fuertemente sobre concentración de instrumentos musicales, dirección, composición, administración musical, historia de la música, musicología, orquestación, producción musical, artística, con énfasis en el canto, la guitarra y la danza. Estaba seguro de que su rendimiento sería cien por ciento.

Le contaba las maravillas de la libertad con que viven las mujeres en este país, donde son tratadas igual que los hombres.

Ellas escogen a sus parejas y no existe el matrimonio por dote. Le decía que estaba ahorrando dinero para pagarle la universidad y que así no tendría que pensar en trabajar. La animaba a continuar sacando notas excelentes en la escuela

"Prisioneras de tradición, la historia real"

secundaria.

Juhi y Alok sabían que su amor iría más allá de la muerte, si fuere necesario, pero ningún ser humano les robaría su la felicidad que tanto añoraban desde niños.

El primer día de clase, cuando Alok entró a la universidad los estudiantes lo aplaudieron. Él, lleno de susto iba a salir corriendo cuando las jóvenes comenzaron a gritar: -"OH el hindú bonito" y él, sin entender nada preguntaba qué pasaba y ellas le contaron que siempre lo escuchaban cantar cerca de la universidad. Estudiantes y profesores lo rodearon pidiéndole canciones, entonces Alok, que siempre salía con su fiel compañera su guitarra, con lágrimas en sus ojos comenzó a cantar pensando siempre en su amada Johi:

> India de ojos negros
> En la luz perdidos,
> Negros como noches
> Del inmenso mar.
>
> Tus labios de rosa
> Para mí prohibidos,
> Son cual roja llama
> Que me ha de quemar.
>
> India de cara morena
> Tu boca pequeña
> Yo quiero besar.
>
> India flor guaraní,
> Yo adoro tu mirar,
> Ven que te quiero dar,
> Todo mi gran amor.

"Prisioneras de tradición, la historia real"

> Cuanto yo daría
> Por poder besarte
> Y sentir ahora
> Tu ardiente querer.
> Te esperan mis brazos
> Tan solo un instante.
> La dicha en tus labios
> Yo quiero beber.
>
> India tu amor a raudales
> En besos fatales
> Yo anhelo tener.
>
> India flor guaraní
> Lucero del guaira
> Con todo mi corazón te ofrezco
> Este cantar. (Apartes de la canción India)

Los estudiantes, sobre todo las damas lo aplaudían entusiasmadas pidiéndole más canciones pero él no quiso porque era la hora de entrar a su primera clase.

A partir de ese momento Alok fue el estudiante más popular en la universidad. Tenía la admiración de sus compañeros, compañeras y profesores que se sentían felices al tener un alumno sobresaliente en sus clases de música. Le conseguían trabajo para cantar en muchos de los sitios nocturnos donde le pagaban grandes sumas de dinero.

En poco tiempo Alok dejó su habitación consiguiendo un apartamento más confortable porque su voz y su guitarra le producían mucho dinero.

Enviaba dinero a sus padres para que sobrevivieran sin trabajar. A sus hermanas no les daba nada porque sus

"Prisioneras de tradición, la historia real"

respectivos esposos les quitaban lo poco que tenían. El momento de pedirles cuentas se acercaba. Abrió una cuenta bancaria a nombre de Juhi para pagarle la universidad. Alok era feliz en Estados Unidos, pero sabía que su corazón estaba en la India y añoraba que los años pasaran pronto para tener a su amada con él.

Muchas veces, en los jardines de la universidad, cuando creía que estaba solo, porque siempre había mujeres jóvenes y bonitas deseosas de conquistar al atractivo hindú que las tenía trastornadas, fiel a su india de ojos negros comenzaba a cantar con lágrimas en sus ojos pensando en Juhi y bailaba con su guitarra abrazándola como si fuera el amor de su vida.

Tiempo de vals es
el tiempo hacia atrás,
donde hacer lo de siempre
es volver a empezar,
donde el mundo se para
y te observa girar,
es tiempo para amar.

Tiempo de vals
tiempo para sentir,
y decir sin hablar
y escuchar sin oír,
un silencio que rompe
en el aire un violín,
es tiempo de vivir.

CORO
Bésame en tiempo de vals.
un dos tres un dos tres
sin parar de bailar

"Prisioneras de tradición, la historia real"

haz que este tiempo de vals,
un dos tres un dos tres
no termine jamás.

Tiempo de vals
tiempo para viajar
por encima del sol,
por debajo del mar,
sin saber si te llevo
o me dejo llevar
no es tiempo de verdad.
Tiempo de vals
tiempo para abrazar
la pasión que prefieres
y hacerla girar
y elevarse violenta
como un huracán.

CORO
Bésame en tiempo de vals,
un dos tres un dos tres
sin parar de bailar,
haz que este tiempo de vals
un dos tres un dos tres
no termine jamás.

Tiempo de vals que
empleamos los dos
dibujando en el suelo
de un viejo salón,
con tres pasos de baile
una historia de amor
es tiempo y es en fin
mi tiempo para ti. (Canción tiempo de vals – Chayanne).

"Prisioneras de tradición, la historia real"

Cuando sentía los aplausos pedía disculpas, pero los demás le pedían más y más canciones, entonces para complacerlos les cantaba:

> Por algún camino yo la encontraré
> y la abrazaré,
> Y sobre su boca mi boca pondré
> y la besaré.
>
> Otra vez las campanas volaran,
> y otra vez sueños locos volverán.
>
> Por algún camino yo la encontraré
> y la abrazaré,
>
> Otra vez las campanas volarán
> Y otra vez sueños locos volverán.
>
> Por algún camino yo la encontraré
> y la abrazaré
> Otra vez las campanas volarán
> y otra vez sueños locos volverán
>
> Por algún camino yo la encontraré
> y la abrazaré,
> y sobre su boca mi boca pondré
> y la besaré.
>
> Por algún camino yo la encontraré
> y la abrazaré.

(Canción Por algún camino. Intérprete, Sandro de América).

Mientras Alok conseguía fama y dinero como cantante en

los Estados Unidos, en la India, Kusum soñaba con su matrimonio. Juhi y Pallavi estudiaban fuertemente deseando que el tiempo pasara pronto.

"Prisioneras de tradición, la historia real"

CAPÍTULO DOS

Es de anotar que el ritual de los matrimonios hindúes, donde el padre de la novia da la dote a su hija, es decir, entrega al novio y su familia una cuantiosa suma de dinero y si no lo hace, la niña puede ser torturada y a veces resulta muerta a causa de ello. Las bodas se conocen por el lujo, espectáculo y derroche de dinero. La celebración se extiende de cuatro a cinco días. Se consideran como un sacramento importante en la religión hindú. En estas alianzas el amor no está presente en los novios porque los matrimonios son arreglados por sus padres. Se consideran la unión de dos familias.

El congresista Ghanshyam, su esposa Parvati y sus hijos estaban listos para ir a casa de Kusum y concretar los preparativos de la boda entre ésta y Lakshya. Pensaban que Sudama y Puja, los padres de la muchacha tenían ahorrados 25-30 lakhs rupias correspondientes a la dote, más el dinero que gastarían en los rituales del matrimonio.

Ghanshyam deseaba quedarse con el dinero porque su ambición era desmedida, pero su hijo Lakshya, conociendo

"Prisioneras de tradición, la historia real"

muy bien a su padre, le decía que se olvidara porque siendo su matrimonio dicho capital sería para él. El congresista callaba pero sus intenciones eran muy diferentes.

La ceremonia del intercambio de anillos se haría el día 14 de febrero y el matrimonio se celebraría el 29 de abril porque según los astros eran los mejores momentos para ellos. Sudama y Puja se hallaban felices. Tenían el dinero necesario para la boda, regalos al novio y su familia. Su hija no sería torturada porque el congresista era millonario. Deseaban a Kusum por su belleza. La niña, a sus 16 años permanecía en silencio acatando la voluntad de sus progenitores, como la buena hija que era, mientras Juhi y Pallavi estaban furiosas con sus padres por entregar a su hermana.

El congresista decía a su familia que el matrimonio sería publicado por la prensa, la radio y la televisión. Ellos eran figuras importantes en la India y sus acontecimientos sociales eran de interés público. Obviamente los rituales se harían en el salón del lujoso edificio donde vivían porque la casa de Sudama era muy pobre y sentirían vergüenza de ser vistos en dicho sitio. Lógicamente los gastos de las fiestas los pagaría Sudama.

Llegó el tan anhelado 14 de febrero y Kusum estaba hermosísima con su vestido rojo adornado con joyas, su cabello recogido y en la frente lucía un hermoso diamante. Sudama y Puja llevaban innumerables regalos para Lakshya, sus padres Ghanshyam, Parvati y su hermano Hiresh.

Había más de 1.500 invitados por parte del novio. Por el lado de Kusum eran 50 y sus padres y hermanas que lucían bellísimas. Juhi llamaba la atención más que Kusum por su mirada misteriosa llena de odio. Veía a los presentes con

"Prisioneras de tradición, la historia real"

desdén. Como diciéndoles: -Algún día terminará esta farsa.

Kusum no tenía hermanos, por lo tanto, Sudama, su papá, comenzó el ritual del intercambio de anillos, con el tilak, es decir que aplicó tilaka o la marca roja en la frente del novio y le ofreció varios regalos, entre ellos 11.000 rupias. Lakshya lo miró con sorpresa como diciéndole: -¿Solo esto? Pero recordó que había demasiados periodistas e invitados y guardó silencio. Puja comenzó a repartir más regalos a Lakshya, sus padres y su hermano Hiresh consistentes en oro. Así mismo los asistentes por parte de la novia dieron a su prometido frutas, dulces y relojes que éste veía con rabia. Solo deseaba oro o dinero. Los invitados por parte de Kusum eran gentes de escasos recursos económicos y solo llevaron dichos presentes.

El ritual del intercambio de anillos se divide en: Tilak, intercambio de anillos, Sagai y Sangeet.

Ghanshyam y Parvati, los orgullosos padres de Lakshya, dieron a Kusum regalos costosísimos como joyas valiosas y mucho oro. Esto se hacía como honor a la novia. Debieron entregarlo en otra ceremonia pero ellos querían evitar tantos rituales y llegar rápidamente al matrimonio.

El congresista, sabiendo que todos los regalos que entregara a su nuera volverían a él, a cada momento colocaba en su cuello collares valiosísimos, ya que por tradición viviría con ellos. Deseaba publicidad y con orgullo mostraba a los periodistas los presentes para Kusum, que sentada al lado de su futuro esposo, parecía un cero a la izquierda porque no obstante su belleza, el protagonista de la fiesta era Ghanshyam. Lakshya soñaba con tomar a Kusum por esposa y recibir la dote. Después de los regalos entregados por sus suegros estaba seguro de que tenían el dinero

"Prisioneras de tradición, la historia real"

completo, es decir 25-30 lakhs rupias. Con esta suma se iría lejos de su familia. Dejaría a Kusum, que fuera de ser hermosa, sería una buena empleada en su casa.

Los regalos que recibe la niña por parte de los suegros, los padres y otras personas, es por tradición de ella y nadie se lo puede quitar. Esto se llama "Stridhan": Riqueza personal de mujer pero no es respetado por la gente codiciosa.

El siguiente acto se llama Sagai donde los novios y sus respectivas familias intercambian regalos. Como ya lo habían hecho, siguieron con el ritual de Sangeet donde las niñas de las familias cantan y bailan para disfrutar el momento. Tanto el congresista como Sudama olvidaron este detalle y no había quien lo hiciera.

En un acto de valentía, Juhi, a quien Alok enseñó a moldear la voz y a bailar sin que nadie se diera cuenta, salió al centro del salón, seguida por Pallavi que la imitaba en todo. No cantaba tan bien como su hermana, pero su voz era dulce y agradable y en vez de entonar las hermosas canciones hindúes o bailar el punjabi, comenzaron a cantarle a su hermana Kusum:

> Cuando sientas
> Que nadie te ama,
> Y que la vida
> Te escupe la cara...
> Recuerda
> Que me tienes a mí
> Para luchar contra todos,
> Para subir...
> Recuerda
> Que me tienes a mí
> Siempre a mí...

"Prisioneras de tradición, la historia real"

Cuando sientas
Que tu casa estalla!
Y la violencia
En tu familia mata...
Recuerda
Que me tienes a mí
Para apoyarte en mi hombro,
Para subir...
Recuerda
Que me tienes a mí
Siempre a mí...
Recuerda
Que detrás de las nubes
Hay un cielo claro
Cargado de luz;
Que siempre
Contarás conmigo
Que entre dos es más fácil
Cargar una cruz...
Recuerda
Que me tienes a mí,
Siempre a mí...
Si un día maldices
La hora en que naciste,
O si tu amor
Se vuelve un imposible...
Recuerda
Que me tienes a mí
Para luchar contra todos,
Para reír...
Recuerda
Que me tienes a mí,
Siempre a mí...
Cuando temas
A lo que te espera,

"Prisioneras de tradición, la historia real"

> Cuando sientas
> Que la muerte llega...
> Recuerda
> Que me tienes a mí
> Para apoyarte en mi hombro,
> Para subir...
> Recuerda
> Que me tienes a mí
> Que iré junto a tí...
> Recuerda
> Que me tienes a mí
> ¡Siempre a mí!
> Recuerda
> Que me tienes a mí
> ¡Siempre a mí!
> Recuerda
> Que me tienes a mí
> ¡Siempre a mí!
> (Canción interpretada por Gloria Trevis).

Cantaban mirando únicamente a Kusum que no entendía el por qué sus hermanas menores le dedicaban dicha melodía. La familia del novio estaba furiosa. Las chiquillas presentían lo que harían con la nueva esposa en caso de no llevar la dote completa al matrimonio. Sudama y Puja, llenos de vergüenza, sacaron a sus hijas del salón. Juhi y Pallavi reían fuertemente al recordar las miradas del congresista y comentaban que cuando fueran mayores, ese señor pagaría muy caro cualquier daño que hicieran a Kusum. Estaban furiosas por ser menores de edad.

Ghanshyam, con una sonrisa forzada, pidió que continuara la fiesta. El mal rato había pasado, pero por dentro juraba vengarse de esas niñas rebeldes y mal educadas. Si no podía castigarlas personalmente, se desquitaría en Kusum, a quien

"Prisioneras de tradición, la historia real"

ya le auguraba grandes tormentos al lado de su nueva familia sino llevaba el dinero completo. Juhi y Pallavi esperaron pacientemente por más de tres horas a que la fiesta terminara. Sabían que sus padres las castigarían pero no les importaba. Habían logrado su objetivo: -Quitarle al rostro del congresista la risa tonta que mantenía siempre y que a ellas no las impactaba.

Pallavi sabía que su hermana se convertiría en una abogada después viajaría a los Estados Unidos a encontrase con Alok y regresarían juntos para iniciar su batalla contra las tradiciones hindúes.

La menor de las tres niñas sabía todo acerca de Juhi y la animaba a que se fuera pronto para que regresara rápido, pero ella le respondía que primero terminaría la escuela secundaria. Tenía 14 años y pasarían muchos más para su graduación y luego obtener su título en leyes y posterior viaje a los Estados Unidos.

Ghanshyam, el congresista famoso, Parvati, su esposa y sus hijos Lakshya e Hiresh estaban listos para la última parte del ritual, tres días antes de la boda. Como siempre contrataron el lujosísimo salón del edificio donde vivían en Malabar Hill. Deseaban publicidad y el sitio estaba lleno de periodistas de la prensa, la radio y la televisión. Debieron ir a la casa de Kusum y llevarle todos los implementos para los tatuajes pero prefirieron hacer el ritual en público.

Kusum y Lakshya, que lucía una gran sonrisa porque se acercaba el momento en que recibiría el dinero de la dote para irse lejos, se hallaban sentados en la mitad del salón y eran saludados por los asistentes que esperaban a que las profesionales (Hannayas) contratadas para hacer el tatuaje a

"Prisioneras de tradición, la historia real"

la novia y demás invitadas comenzaran la ceremonia de belleza, en la cual se les aplica Mehendi que es el arte de adornar las manos y los pies con una pasta hecha con la planta de henna. Se emplea el polvo de las hojas secas y el tallo de la misma. Se mezcla con limón, aceite y azúcar. Estos tatuajes duran de 2 a 3 días. El "Mehndi" se refiere, al polvo, a la pasta, a los diseños sobre la piel, los cuales tienen diferentes significados relacionados con la buena suerte. Los dibujos simbolizan amor, prosperidad, felicidad, fertilidad y la protección de los malos espíritus. También se cree que aseguran la felicidad al momento de morir.

Esta ceremonia se lleva a cabo acompañada por música especialmente creada para este arte así mismo el aroma a incienso de almizcle o ámbar. Es un ritual divertido que marca la iniciación de la mujer hacia su nueva vida de casada. Las hermanas de Kusum se escondieron para no ser tatuadas. Otro disgusto más para Sudama y Puja.

Este ritual es muy importante en las bodas hindúes. Es como una despedida de soltera. Se realiza con diseños elaborados en tono rojizo y se asemeja mucho a la técnica de filigrana. En algunas partes de la India, el novio también se pinta solamente las manos. Se cree que cuanto más oscuro es su color más fuerte es el amor entre ellos y mayores serán las bondades en el matrimonio.

Un día antes de la boda, los familiares de Lakshya, llevaron a casa de Kusum joyas tales como collares, aretes, brazaletes y anillos en oro o diamantes del mismo diseño los cuales serían lucidos por la novia durante la ceremonia. Salieron rápidamente para que nadie los viera en un barrio de clase media.

Por tradición la boda se haría en el hogar de Kusum, pero su vivienda era muy pequeña y de clase media. El congresista y su familia sentían vergüenza de llevar los medios de comunicación a dicho sitio, por lo tanto, decidieron que la unión de sus hijos se celebraría en el parque principal de Malabar Hill donde se erigió un baldaquín o mandapa (mandapkarana), hecho de madera y decorado con telas y ramos de flores alrededor de los postes donde se realizaría la ceremonia.

El día de la boda por la mañana, los novios, cada uno en su respectiva residencia, fueron ungidos con cúrcuma, pasta de madera de sándalo y aceites para limpiar, suavizar y aromatizar sus cuerpos, después los bañaron y comenzaron a engalanarse para la ceremonia final.

Lakshya reía feliz porque ese día sería dueño de 25-30 lakhs of rupias. Alegremente vestía su shervani o capa larga hasta la rodilla con muchos bordados y botones, la cual se coloca sobre una kurta o camisa suelta y su churidar o pantalones ajustados haciendo que se viera más alto y elegante. Para completar su vestido, llevaba una estola y un turbante en color blanco porque el traje de Kusum sería rojo.

Cuando estuvieron listos para la ceremonia, fueron al parque. Lakshya montado en un caballo blanco era seguido por una multitud de unas 500 personas y la gente de los medios de comunicación. El parque se hallaba a un centenar de metros del elegante edificio donde vivían. Esperaron pacientemente a que apareciera la novia.

En casa de Kusum, ésta, ayudada por su madre y las pocas amigas que tenían, era engalanada con el Lehenga, o falda plisada en corte sirena, acompañada por un choli o blusa corta que hacía ver más hermosa su figura. Para completar su traje tenía una dupatta o chal de aproximadamente 2.5 m

"Prisioneras de tradición, la historia real"

de largo la cual se utiliza como bufanda, pero Kusum lo usaría como velo de novias. Puja escogió para su hija telas en seda de color rojo porque era el símbolo de la fertilidad, con bordados tipo kudan y zardozi en pedrería, con hilos dorados y plateados en tonos brillantes. Llevaba aretes, collares, pulseras y anillos en diamantes, obsequiados por su nueva familia haciendo juego con su vestido rojo, el cual era hermosísimo y muy pesado. Puja gastó 150.000,00 rupias en él. Su cabello estaba atado con un nudo francés para que el dupatta, así mismo elaborado en seda roja, pudiera permanecer sobre la cabeza.

Sudama y Puja no escatimaron gastos en el matrimonio de su hija mayor. Cuando estuvieron engalanadas montaron en el lujoso vehículo alquilado para que los llevara al sitio de la boda.

Al verla, el congresista estaba sonriente por la belleza de su futura hija. Lakshya también se hallaba contento al ver a la hermosa chiquilla que sería su esposa. Tan pronto se reunieron le colocó en el cuello un collar de flores como símbolo de su unión.

Obviamente que la ceremonia no se podía realizar sin la autoridad religiosa que es el Brahaman quien dio a Lakshya y Kusum lecciones para su futura vida en común.

Antes de comenzar la boda leyeron los nombres de los antepasados de los novios con el gotra y pravara para indicar el estatus social de los antepasados de Sudama y Ghanshyam. Este último había inventado su árbol genealógico con ancestros de alta alcurnia. Sabía que todas sus palabras serían conocidas por los medios de comunicación y mantenía la sonrisa fingida que tanto odiaban Juhi y Pallavi.

"Prisioneras de tradición, la historia real"

A continuación siguió la ceremonia de Jaimala cuando Lakshya y Kusum se pusieron guirnaldas el uno al otro como símbolo de aceptación mutua.

Después los novios se sentaron juntos en el mandapa delante del foso del sacrificio o Havana Kinder. Kusum a la derecha de Lakshya. Sudama y Puja a la derecha de su hija. El sacerdote se sentó frente a ellos a la izquierda de Lakshya. En el centro se hallaba el fuego.

Lakshya y Kusum estaban listos para el siguiente paso: Pradakshina o ritual del fuego. Juntos dieron las siete rondas o pheras para expresar su unión ante el fuego del sacrificio.
Cantaban védicos y hacían ofrendas al fuego pidiendo bendiciones para la nueva pareja mientras caminaban a su alrededor. En las tres primeras vueltas Kusum iba delante de Lakshya y en las últimas cuatro era él quien conducía la marcha. Después de cada ronda, se sentaban y el sacerdote cantaba los mantras adecuados. En la India el fuego es venerado como testigo divino por eso es solemnizado en las bodas.

Ahora Lakshya y Kusum estaban listos para el ritual Saptapadi que es la parte más importante en las bodas. Los novios dan siete pasos juntos hacia el norte, luego la nueva esposa se ubica a la izquierda de su marido, dejándole el lado fuerte que es el derecho para que domine el mundo. En cada paso, la pareja ora por comida, fuerza, riqueza, felicidad, descendencia, ganado y devoción. Ya estaban felizmente casados. Kusum fue rociada con agua bendita para limpiarle cualquier pecado que pudiera tener hasta ese momento.
Y para concluir hicieron el ritual llamado sindoordana. Lakshya untó su anillo en polvo bermellón y trazó una línea

"Prisioneras de tradición, la historia real"

en la cabeza de Kusum desde el nacimiento del cabello hasta la coronilla. Los huéspedes regaron pétalos. Los recién casados tocaron los pies de sus mayores para recibir sus bendiciones. Los invitados felicitaban a ambas familias.

Lakshya y Kusum estaban casados y una gran fiesta se celebraría en su honor, en el parque donde se realizó la ceremonia.

Mientras Ghanshyam y su familia reían felices, Sudama y Puja lloraban tristemente por haber perdido una hija. Juhi y Pallavi miraban con rabia al congresista que se burlaba de ellas, sobretodo de Juhi a quien decía: -En dos años te casaré con mi otro hijo y ella le decía: -Prefiero suicidarme antes de hacerlo. Obvio que el suegro de Kusum se lo decía por mortificarla porque deseaba una nuera muy diferente. Una profesional en leyes que le diera más renombre a su apellido.

Había más de 400 mesas dispuestas para servir la cena que se brindaría a los invitados en honor de los recién casados, que recibían felicitaciones a cada momento. Lakshya esperaba el momento en el cual Sudama le entregara la dote. Kusum, al lado de su esposo reía dichosa al pensar que el joven la amaba con todo su corazón. Lakshya hablaba alegremente al ver el derroche de dinero hecho por sus suegros.

Ghanshyam y su esposa, sabiendo que el momento de recibir el dinero de la dote se acercaba abrazaban a Puja y Sudama que no entendían tanta amabilidad.

Fue una recepción inolvidable en esta boda Punjabi, donde se sirvieron toda clase de alimentos y bebidas tales como: Entradas que incluyen principalmente tikki, chaat papri, bhalla papri, samosa, papa pakoras, pakoras vegetales,

"Prisioneras de tradición, la historia real"

pakoras pan, dedos de pollo, queso Tikka, pollo Tikka. También había cocina internacional de la China, México, Italia, tales como pizzas, pastas, Manchuria, momos, envoltura mexicana, pastas, salsa, tortillas. Como bebidas había disponibilidad de: Zumos naturales, colas simulacros, Jaljeera, lassi dulce, matha, shikanjvi, soda, bebidas frías, agua de coco, batidos de leche, leche caliente. Así mismo se sirvieron licores fuertes con el permiso previo de las autoridades competentes. Entre las sopas que se sirvieron estaban: Shorba tomate, sopa de verduras, crema de setas, pollo caldo, crema de pollo, caliente y amargo, Mon Chow. Era una gran variedad de alimentos y bebidas.

Lakshya pensaba en su dote. No podía negar que en la fiesta de su matrimonio el dinero se veía en todos los detalles

Cuando se fueron los invitados Sudama entregó a Lakshya una bolsa con 2 lakhs rupias ya que habían gastado aprox.15 lakhs rupees en la fiesta. Éste recibió el dinero y sin contarlo, aseguró una vez más que cuidaría de su esposa hasta la muerte. Obviamente no cumpliría su palabra porque en unos días se iría lejos de su país. Con lágrimas en sus ojos, Kusum y su familia se despidieron, porque a partir de ese día la jovencita no les pertenecía. Sus dos hermanas le dijeron: -Si te maltratan huye. Pero ella pensaba que eso no sucedería porque su nueva familia tenía mucho dinero.

Cuando Kusum llegó a la mansión de su esposo, admiraba la riqueza del hogar. Parvati realizó la ceremonia del Arati, es decir la bienvenida al hogar, como también para protegerse de las malas influencias de los planetas, entrando auspiciosamente con el pie derecho, golpeando suavemente sobre un arrozal ubicado estratégicamente como augurio de abundancia para su nueva familia.

"Prisioneras de tradición, la historia real"

Lakshya y Ghanshyam miraron la bolsa del dinero entregado por Sudama y no lo podían creer: -Solamente 2 lakh rupias. El padre de Kusum tenía un grave problema porque tendría que entregarles el resto de la dote a como diera lugar

Sabían que Sudama no poseía mucha riqueza. Aunque había hecho una gran fiesta de bodas, 2 lakh rupias era una cantidad muy pequeña. Tomaban el valor de esta dote como un insulto hacia ellos. Lakshya y Ghanshyam decidieron forzar a Kusum para que les llevara, al menos 15 lakhs rupias y si no lo hacía, le enseñarían la lección. Esa noche, Lakshya estaba furioso cuando entró al cuarto nupcial. Su joven esposa no entendía la razón para el cambió de actitud en su esposo porque durante la fiesta la trató amablemente.

Lakshya y Kusum se hallaban en el cuarto nupcial y la niña, sin conocer lo que era el contacto de un hombre, miraba a su esposo aterrada mientras le quitaba el lujoso vestuario de boda violándola sin consideración alguna.

Lakshya pidió explicaciones a Kusum del por qué su padre solo le dio 2 lakh rupias. Decía furioso: -"¿Soy un mendigo que tu padre me trata de esta manera?".

Kusum entendió el cambio en el comportamiento de su marido. Con las manos juntas, rogaba perdón para su padre. Había conseguido esa suma con gran dificultad y no podía hacer más. Pero Lakshya no se conmovía y la grataba diciéndole: -Dime si vas a traer por lo menos 15 rupias lakh más. La joven esposa sollozando respondía: -Mi padre se quedó sin nada. -Este dinero se consiguió a través de préstamos los cuales tiene que pagar en los próximos años. Lakshya se enfureció golpeándola tan severamente que la dejó tenida en el piso en un charco de sangre, desnuda como estaba y se acostó como si nada hubiera pasado.

"Prisioneras de tradición, la historia real"

Con los primeros gritos de Kusum, sus suegros se miraban sonrientes murmurando: -Bien hecho hijo mío. -Así debe ser por no traer la dote completa y se acostaron sin darle importancia al asunto.

Al día siguiente Kusum continuaba tendida en el piso sin sentido, entonces Lakshya informó a sus padres y juntos convinieron llevarla a la clínica. Dirían que Kusum, al asomarse por la ventana y mirar hacia la calle cayó fracturándose la mandíbula. Tan pronto como la chica reaccionara la amenazarían con matar a sus hermanas si decía la verdad.

La misma historia contaron a la familia de Kusum. Sudama y Puja creyeron en las palabras de los suegros de su hija y tristemente regresaron a su hogar. Juhi y Pallavi estaban furiosas. No creían la historia de la caída y decían a sus padres que el accidente de su hermana era a causa de la dote incompleta, pero ellos opinaban diferente porque el congresista tenía mucho dinero. Si tenían dudas, no podían hacer nada. Ghanshyam era poderoso y mensualmente pagaba a los medios de comunicación para que no revelaran sus fechorías.

Kusum tenía, así mismo, un brazo y tres costillas fracturadas y su rostro tan hermoso estaba irreconocible por la hinchazón, no podía abrir los ojos por los golpes recibidos. Era atendida con gran esmero, tanto por médicos como por enfermeras que lamentaban la suerte de esta chiquilla al caer en manos de Ghanshyam y su familia. Atendían a los medios de comunicación con lágrimas en sus ojos por la mala suerte de la niña. Por miedo al MP nadie llamó a las autoridades para que investigaran la supuesta

"Prisioneras de tradición, la historia real"

caída de Kusum. Éstas creerían ciegamente en la palabra del congresista.

Lakshya permanecía furioso al lado de su esposa porque su padre lo amenazó con desheredarlo si no aparentaba tristeza ante los medios de comunicación. No perdería su popularidad por culpa de este incidente. Lo que Ghanshyam no sabía es que las sonrisas y aplausos que recibía eran falsos porque al no cumplir las promesas hechas durante las elecciones para congresista, tenía muchos enemigos entre las compañías y personas a quienes había estafado.

Kusum reaccionó tres días después de la golpiza. Cuando vio a su esposo a su lado iba a gritar pero éste la cogió del cuello diciéndole que si hablaba mataría a sus hermanas y la pobre muchacha prometió guardar silencio.

Kusum permaneció un mes en la clínica. Cuando regresó a su nuevo hogar se encontró con una desagradable sorpresa: Su suegra había echado a la servidumbre. Ella, la nueva esposa, sería la sirvienta de ahora en adelante por no llevar la dote completa al matrimonio.

A partir de ese momento, Kusum a quien se le prohibió tener cualquier tipo de contacto con sus padres y hermanas, se convirtió en la sirvienta del congresista y su familia. Lakshya, su esposo, le decía que ese era su castigo, trabajar como sirvienta porque Sudama no le había dado dinero suficiente para contratar una empleada.

Parvati era más mala que su esposo e hijos. Decía que las paredes del apartamento no brillaban porque las empleadas jamás hicieron bien su trabajo. ¡Pobre Kusum! Limpiaba los muros tres y cuatro veces durante el día. Lavaba los vidrios de las ventanas y como no tenía experiencia, éstos quedaban empañados recibiendo golpizas de su suegra. La obligaban a

"Prisioneras de tradición, la historia real"

planchar, a lavar la loza y demás quehaceres domésticos. La regañaban a cada momento porque no hacía el trabajo correctamente y ella se ponía a llorar, consiguiendo golpizas por parte de su esposo, que aún furioso por no obtener todo el dinero, la maltrataba sicológicamente. La insultaban diciéndole que si llamaba a sus padres, sus hermanas pagarían las consecuencias. No le permitían bajar a la portería del edificio para que los demás no vieran las señas de los golpes que Lakshya dejaba en rostro. Cuando la familia salía, la dejaban encerrada con llave. No le daban los alimentos suficientes porque según ellos, el dinero que llevó no alcanzaba para alimentarla.

Los fines de semana los pasaban en su residencia campestre donde recibían muchos invitados. Siempre llevaban a Kusum para que hiciera las labores domésticas, a excepción de cocinar, porque ésta no sabía preparar platos especiales. Cuando llegaba el momento de recibir los visitantes la encerraban en la última habitación porque de esta forma evitaban que hablara. Kusum aseaba los potreros, cortaba el césped, lavaba más de 200 platos, vasos y cubiertos. Aseaba aquella inmensa casa, barriendo, trapeando, limpiando las telarañas, lavando los baños y muchas otras obligaciones que Kusum a sus16 años nunca había realizado, tal como darle de comer a los cerdos. Tres veces al día recogía las hojas que los árboles del jardín dejaban en el piso. Llevaba de paseo a los salvajes perros que cuidaban de aquella vivienda. Estos animales parecían más fieles que sus amos porque jamás la atacaron.

Cierto día Lakshya se enfadó con Kusum porque no planchó su camisa azul. Aunque en el armario se hallaban las demás, a excepción de ésta, la golpeó sin piedad por perezosa y descuidada.

"Prisioneras de tradición, la historia real"

Fuera de las labores desempeñadas, en las horas de la noche soportaba los besos, abrazos y el sexo de un marido que no quería y que le causaba terror.

El cuerpo y el rostro de Kusum envejecieron en dos meses. Solamente tenía 16 años y parecía una mujer de 25. Su mirada era triste y nunca reía. Sus ojos perdieron su brillo natural y su cabello lo llevaba siempre recogido y cubierto con una gorra por orden de su suegra. Había perdido más de 7 kilos de peso porque no le daban suficiente alimento. No dormía. Se veía muy cansada. Pero su esposo y sus suegros no la dejarían en paz. Cuando Sudama completara la cifra de 15 lakh rupias, le devolverían a su hija.

Los periodistas comentaban con extrañeza la ausencia de Kusum en los eventos sociales y cuando preguntaban al congresista, éste simulaba no haber escuchado.

Sudama y su familia escuchaban las noticias sobre su hija Kusum. Pensaban en su suerte. No volvieron a verla. Cuando la llamaban siempre respondían que estaba de paseo en el campo. Se preguntaban el por qué la ocultaban pero nunca imaginaron que era por culpa de la dote.

Juhi y Pallavi se enfrentaban a sus padres diciéndoles que a Kusum le pasaba algo muy grave por su culpa y debían traerla de regreso al hogar. Ellos callaban. Por primera vez pensaban que ellas tenías razón. Sudama se dirigió a Malabar Hill donde habitaba su hija mayor con su nueva familia. No lo recibieron y lo echaron diciéndole que los limosneros no tenían cabida en dicho sitio.

Sudama tuvo la certeza que su hija mayor era prisionera de tradición por no llevar la dote completa al matrimonio. Él y su familia se prometieron recuperar a Kusum pero les sería

"Prisioneras de tradición, la historia real"

muy difícil lograrlo. Deseaban llegar a un acuerdo con Lakshya, pero éste los insultaba diciéndoles que le entregaran el dinero faltante en la dote porque de lo contrario jamás verían de nuevo a su hija.

Kusum no soportaba tanto sufrimiento en la prisión que era su nuevo hogar. Decidió suicidarse tomándose un frasco de pastillas que encontró en la cocina. Como estaba débil se desmayó ante la mirada indiferente de su esposo y suegros. Pensaron que se hacía la enferma y la golpearon para obligarla a levantarse, pero al ver que no respondía, el congresista llamó a un médico amigo y éste dijo que debían llevarla a la clínica, pero él se negó porque la cara de Kusum estaba morada por tantos golpes. Amenazó al galeno diciéndole que si la chica moría lo mataba. El médico, temeroso de Ghanshyam, hizo que Kusum vomitara las píldoras ingeridas. Cuando estuvo mejor recibió nuevas humillaciones por el error cometido. Estuvo en cama ocho días recuperándose. Parvati estaba furiosa porque debía hacer los oficios domésticos.

Lakshya abrió una pequeña tienda de comestibles y le iban muy bien. Seguía el ejemplo de su padre y engañaba a la gente. Cada día se sentía furioso contra Kusum y su familia por no darle la dote completa. Deseaba dinero y amenazaba a Sudama para que le entregara 15 lakh rupias porque de lo contrario su hija la pasaría muy mal. ¡Pobre Sudama! Hizo un préstamo de 5.000 rupias con la ilusión de entregarlo a su yerno, pero éste lo insultaba diciéndole que esa cantidad no era suficiente para alimentar a su hija. Lakshya le concedió un plazo de 4 meses para conseguir el dinero restante porque de lo contrario mataría a Kusum. Sudama regresó al hogar contándole a su esposa lo sucedido y juntos lloraron la suerte de su hija. Juhi y Pallavi permanecían en silencio.

"Prisioneras de tradición, la historia real"

Se habían sumido en la tristeza por culpa de la avaricia de Ghanshyam y su familia.

Durante los siguientes cuatro meses la vida de Kusum mejoró. Ya no recibía tantos golpes. La cuidaban un poco con la esperanza de que su papá les entregara 15 lakh rupees. Pero estaba amenazada. Si decía la verdad sobre el trato recibido matarían a sus hermanas.

Sudama y Puja pensaron en vender su apartamento y el negocio de zapatos, pero ni aún así completarían el dinero. Sabían que no podían reportar el hecho ante la policía o la Organización contra el crimen a las mujeres (Crime Against Women Cell) porque no tenían conocimiento sobre la vida y el trato que daban a su hija, además, las autoridades no les harían caso porque Ghanshyam era famoso y temido en la ciudad.

Finalizando los cuatro meses, Sudama entregó a Lakshya solamente a lakh of rupias, lo que aumentó el odio de éste por su suegro.

Kusum llevaba seis meses de casada y su vida había sido un infierno. Lo que esta niña inocente no sabía es que estaba embarazada porque los síntomas así lo decían. Tenía tres meses de embarazo y su suegra Parvati la llevó al médico familiar practicándole una ecografía. Esta mala mujer pensaba que si Kusum tenía un hijo mejoraría su trato hacia ella mientras nacía el bebé para quitárselo y criarlo como suyo. A la muchacha la liberarían del matrimonio. De esta forma su hijo Lakshya sería libre para casarse con una millonaria. Pero si el bebé que esperaba era una niña la haría abortar porque no quería estorbos en su casa. Kusum era feliz con la idea de ser madre. Pensaba que su hijo o hija le daría fuerza para continuar la vida pero no contaba con la

"Prisioneras de tradición, la historia real"

maldad de su familia política: Sus suegros y su esposo porque Hiresh, su cuñado era diferente a ellos.

Hiresh era un muchacho bueno, noble y simpático. Se avergonzaba de su familia. Supo que sus abuelos paternos y maternos vivían y consiguiendo su dirección los cuidaba dándoles el sustento diario. Ahorraba el escaso sueldo que su padre le pagaba porque quería irse y vivir alejado de tanta maldad, pero cuando su hermano se casó con Kusum renunció a la idea y se quedó en la mansión para ayudar a la muchacha inocente que cayó en manos de sus malvados padres y hermano. Era el único que la trataba con amabilidad y ternura. Durante las comidas, sin que nadie lo viera, envolvía en la servilleta parte de sus alimentos y los llevaba a Kusum diciéndole que los comiera rápidamente. Estaba enamorado de ella. La amaba con todo su corazón y maquinaba la idea de raptarla y llevársela lejos donde no le hicieran más daño.

El resultado de la ecografía fue una niña. Ellos no la querían y la obligarían a abortar, pero Hiresh, en un arranque de valentía se enfrentó a su familia diciéndoles que si hacían eso, los demandaría por los maltratos hechos a Kusum. Ésta, mirándolo agradecida le sonreía. Ghanshyam, Parvati y Lakshya no lo podían creer. El congresista pensaba que tendría que matar a su propio hijo porque de lo contrario se les acabaría la fama y la fortuna.

Como Sudama no le entregó el dinero en el plazo señalado, Lakshya le devolvió a Kusum diciéndole que tendría una hija y no deseaba ser padre de una niña. Regresaría por su esposa y el dinero faltante cuando naciera la niña. La bebé quedaría con ellos. Prohibió a Kusum asomarse a la calle porque la mataría sin importarle que estuviera embarazada.

"Prisioneras de tradición, la historia real"

Sus padres y hermanas estaban felices por tenerla de regreso. Ella, sollozando, narró sus sufrimientos. También les contó que Hiresh era la única persona noble y buena de esa familia. La ayudaba y le daba parte de sus comidas. Juhi estaba furiosa y a cada momento decía a sus papás: -Ustedes son los culpables. Dos meses después Kusum estaba recuperada de los golpes recibidos, tanto física como moralmente. Llorando pedía a sus padres que no la devolvieran a casa del congresista ni que la separaran de su hija. Ellos, sin saber cómo lo harían así lo prometieron. Tenía cinco meses de embarazo. En cuatro más nacería la niña de Kusum y Lakshya, que llamaba diariamente para pedir fuertes sumas de dinero que Sudama no le daba, siempre decía que vendría y se llevaría a su esposa de regreso.

Con la partida de Kusum, Hiresh fue a vivir con sus abuelos. El muchacho había conseguido una casa en un barrio de clase media y tomando a los cuatro ancianos los llevó a residir a dicha morada porque era más fácil cuidar de ellos estando juntos. Ya conocían la triste verdad sobre la maldad de sus hijos. Los ancianos estaban felices con su nieto. Era tierno, amoroso y se afanaba por servirles. Dejó el trabajo con su padre y obtuvo otro en una fábrica de confecciones donde le pagaban 10 veces más.

La casa estaba situada en el mismo barrio donde vivía Kusum. La visitaba diariamente llevándole ropa de bebé, de maternidad y muchos alimentos para que estuviera fuerte al momento del parto. Decía a Sudama y Puja que nunca debieron estar de acuerdo con el matrimonio. Ellos, sintiéndose culpables callaban y miraban a Kusum tristemente pidiéndole perdón. Juhi y Pallavi no perdían oportunidad de recordarles su error.

"Prisioneras de tradición, la historia real"

Hiresh tenía dinero ahorrado. Comentó a Sudama y Puja que se llevaría lejos a Kusum y a la niña, a quien colocarían el nombre de Adya cuando ésta naciera así su malvado hermano Lakshya no la encontraría. Ellos estuvieron de acuerdo. Lo único que Hiresh les solicitó fue cuidar de sus cuatro abuelos ancianos.

Una buena forma de despistar a Ghanshyam, Parvati y Lakshya era cambiar de residencia, es decir Sudama, Puja, Juhi y Pallavi vivieran en la casa de los abuelos de Hiresh, y éstos en la de Sudama. Él rentaría una habitación en un barrio más humilde para él, Kusum y Adya. Su hermano jamás los buscaría en un barrio modesto. Dirían que Hiresh la raptó y de esta forma no tomarían venganza por la ausencia de la joven. Dinero no le entregarían porque aunque lo tuvieran no lo necesitaba. Denunciarlos ante las autoridades era imposible. El congresista era una persona influyente y le tenían miedo. Hiresh prometió que estaría pendiente de todos ellos para que nada les faltara, pero que jamás se enterarían del sitio donde él y Kusum vivirían de ahora en adelante por la seguridad de los ancianos abuelos y la familia de Kusum.

Hiresh tenía un jefe bueno y comprensivo que sabía el grave problema del muchacho y se propuso ayudarle, primero porque el joven se lo merecía y segundo porque odiaba al congresista. Su hija Priya era la secretaria del hombre desde hacía varios años. La había convertido en su esclava sexual y la muchacha no podría casarse ni tener sus hijos y él, Rajender, se quedaría sin nietos o nietas que alegraran su soledad. Tenía mucho dinero y solo pensaba en comprar la libertad de su hija. Era abogado pero no ejercía la profesión, prefirió ser negociante esperando el momento de tomar venganza contra el congresista. Hiresh le decía que tuviera paciencia porque él, su propio hijo, era la única persona que

"Prisioneras de tradición, la historia real"

podría delatarlo ante las autoridades por los abusos cometidos en muchas personas.

Rajender sugirió a Hiresh irse con Kusum de la ciudad, a un pueblo lejano y olvidado donde se establecieran y montaran un negocio de comidas porque era lo único que funcionaba en una aldea. Su jefe le dio dinero y el muchacho, agradecido, lo abrazaba llorando. Hiresh le dijo que cada mes enviaría dinero para que lo repartiera entre sus abuelos y Sudama. Rajender así lo prometió.

Puja y sus hijas se encargaron de hacer el cambio de residencia. Los abuelos de Hiresh quedaron instalados en la casa de Sudama, y éste y su familia en la otra vivienda. El joven y Kusum se despidieron con lágrimas en sus ojos y partieron en una noche fría y lluviosa de un viernes septembrino hacia su nueva vida.

Al lunes siguiente informaron al congresista y su familia que Hiresh se había robado a Kusum. Éstos, furiosos golpearon a Sudama y Puja por descuidados y por no darles más dinero. Soportaron la golpiza valientemente. Sabían que su hija estaba muy bien en las manos de Hiresh.
El congresista contrató investigadores para que encontraran a su hijo contra quien puso una demanda por secuestro, pero el tiempo pasaba y Kusum e Hiresh no aparecían.

Pasaron cinco años más y jamás tuvieron noticias directas de Kusum, ahora de 21 años, e Hiresh de 25. Cada año se las ingeniaban para enviar una nota diciendo que estaban bien y que la niña era hermosísima igual a su madre.

Juhi, ahora de 19 años, se ganó una beca y estudiaba leyes en la universidad de Mumbia.
La joven sobresalía por su inteligencia. En su tiempo libre

"Prisioneras de tradición, la historia real"

investigaba muchísimo sobre las leyes de su país.

Tenía muchísimas amigas en la universidad, tales como Kajal, Sarika, Neha, Bhawna, Surabhi y como el dinero le sobraba las invitaba a almorzar o a cenar, etc. Siempre hablaban de revelarse contra los hombres para que no cobraran la dote a las novias. Juhi les decía que hablaran con sus padres para que no pagaran ni una sola rupia, de esta forma la muerte por dote terminaría y las mujeres serían libres de ese estigma tan doloroso. Les comentaba que un año después de terminar sus estudios profesionales se reunirían y organizarían manifestaciones en contra de la dote y las tradiciones que humillaban a las mujeres de la India. Juhi ganaba muchas simpatizantes para su causa. Confiaba en Dios que su lucha tuviera el éxito deseado.

Pallavi de 14 años era muy bonita y estudiosa, seguía en todo a su hermana Juhi a quien admiraba profundamente.

Alok hizo su carrera de músico y se convirtió en un cantante famoso que viajaba por el mundo, menos a su país porque aún no era tiempo de regresar. Debían esperar otros años a que Juhi fuera doctorada en leyes. La llevaría con él y le mostraría el mundo occidental y su maravillosa libertad, después se radicarían en la India y comenzarían su lucha por la liberación femenina.

El congresista y su familia se volvieron más malos y la ciudad que antes los admiraba ahora les temían. Nadie sabía cómo parar las estafas que hacían a los demás.

Como no pudieron obtener más dinero de Sudama lo dejaron tranquilo. Lakshya seguía los malos pasos de su padre. Continuaban buscando a Hiresh y Kusum. Cuando los encontraran los matarían junto con la niña.

"Prisioneras de tradición, la historia real"

Parvati no encontraba la forma de matar a Priya, la amante de su esposo por tantos años. La muchacha, casi de 30 años era una mujer triste y amargada y tenía que satisfacer los deseos sexuales de padre e hijo.

Juhi se había convertido en una mujer dulce, suave y amorosa pero de carácter fuerte cuando se trataba de defender a su querido Alok y dijo a sus padres una vez más que solo se casaría con él. Éstos, conocedores del éxito del muchacho estuvieron de acuerdo.
La vida continuó tranquila para los abuelos de Hiresh y la familia de Kusum.

Rajender informó a Hiresh sobre la persecución que aún después de cinco años le hacía su padre. Cambió su nombre por el de Paras y solo escribía a Rajender cuando enviada el dinero mensual. Era feliz viviendo con Kusum y Adya.

Pallavi terminó la secundaria y decidió estudiar leyes porque así se uniría a la batalla que Juhi y Alok comenzarían en un año.

Juhi era ahora una doctora en leyes. Estaba ansiosa porque en ocho días se reencontraría con su amado Alok. Sus padres le ayudaban a preparar el viaje. Habían decidido que sus hijas se casaran con el hombre que amaran. Nunca más matrimonios por dote. Con el sufrimiento de Kusum tuvieron suficiente. Daban gracias a Dios porque Hiresh la había salvado de su malvado esposo.

Oraban a Dios para que el congresista y Lakshya no los encontraran. Los asesinarían de inmediato y no podrían acusar a estos hombres malvados que eran temidos en toda la ciudad.

"Prisioneras de tradición, la historia real"

INTRODUCCIÓN AL CAPÍTULO TRES

Este capítulo será situado en el barrio Vishwas Nagar en el suburbio de Shahdara, en la ciudad de Delhi, India, a orillas del río Yamuna.

Delhi, también conocida como el Territorio de la Capital Nacional, es una región metropolitana con una población de 22 millones en el año 2.011. Es la ciudad más grande de la India en términos de área y una de las más populares en el mundo. Está situada en el norte del país y limita con los estados de <u>Haryana</u> en el norte, oeste y sur y <u>Uttar Pradesh</u> al este. Dos características destacadas de la geografía de Delhi son las planicies de inundación Yamuna y el <u>canto Delhi</u>. El <u>río Yamuna</u> era la frontera histórica entre Punjab y UP y sus llanuras de inundación proporcionan suelos aluviales fértiles aptas para la agricultura, pero son propensos a inundaciones recurrentes.

Es el centro comercial más grande en el norte de la India. Las principales industrias son la tecnología de la información, telecomunicaciones, hoteles, bancos, medios de comunicación y el turismo.

La construcción, energía, salud, servicios comunitarios y los bienes raíces también son importantes para la economía de la ciudad.

"Prisioneras de tradición, la historia real"

Delhi tiene una de las industrias al por menor más grandes y de más rápido crecimiento de la India. El sector manufacturero creció considerablemente a medida que las empresas de bienes de consumo establecieron unidades de fabricación y oficinas centrales en la ciudad.

El aeropuerto internacional de Indira Gandhi, situado al suroeste, es la principal puerta de entrada para el tráfico aéreo civil nacional e internacional de la ciudad.

Delhi es un cruce importante en la red de ferrocarriles de la India y es la sede del Convoy del Norte. Las cinco principales estaciones de tren son: Nueva Delhi, la Vieja Delhi, Nizamuddin, Anand Vihar Ferrocarril Terminal y Sarai Rohilla.

El metro de Delhi es un sistema de transporte rápido que sirve a Delhi, Gurgaon, Faridabad, Noida y Ghaziabad en la Región de la Capital Nacional de la India.

Delhi Metro es el sistema más grande de 13 en el mundo en términos de longitud. Es el primer sistema de transporte público moderno de la India que ha revolucionado los viajes, proporcionando un medio rápido, confiable, seguro y cómodo. La red se compone de seis líneas con una longitud total de 189,63 kilómetros con 142 estaciones, de las cuales 35 son subterráneas, cinco son de grado, y el resto son elevados. Todas las estaciones tienen escaleras mecánicas, ascensores y baldosas táctiles para guiar a los invidentes de entradas de la estación de trenes.

El hinduismo es la religión mayoritaria de Delhi, con aproximadamente el 82,7% de la población. La ciudad cuenta con grandes comunidades de musulmanes (10%), los sijs (5%), Baha'i (0,1%), jainistas (1,1%) y cristianos

"Prisioneras de tradición, la historia real"

(0,94%). Otras religiones minoritarias son el budismo, el zoroastrismo y el judaísmo.

Hindi es el idioma oficial hablado en Delhi, seguido de Punjabi. Hindi en Devanagari escritura e Inglés son los principales idiomas de la ciudad escrita. Existe una considerable Punjabi y Urdu población que habla. Punjabi y Urdu tienen estatus oficial segunda lengua en Delhi.

Según un estudio el 52% de los residentes de Delhi viven en barrios pobres y sin servicios básicos como agua, electricidad, saneamiento, alcantarillado o una vivienda digna.

La cultura de Delhi ha sido influenciada por su larga historia y la asociación histórica como la capital de la India. Esto se ejemplifica con muchos monumentos importantes de la ciudad. El Servicio Arqueológico de la India reconoce 1.200 edificios patrimoniales y 175 monumentos como sitios del patrimonio.

Shahdara es una de las localidades más antiguas y se conoce como Purani Dilli (Old Delhi) y tiene ocho consejos sindicales.

El significado de Shahdara en urdu es la "puerta de los reyes". El origen del nombre está en dos palabras persas: "Reyes", que significa shah y dara, una puerta o entrada y fue establecida por un rey mogol.

Shahdara se encuentra ubicada en el este- noreste de Delhi. Comparte fronteras con Uttar Pradesh. Shahdara también puede reseñarse a la región trans - Yamuna en general. West Gorakh Park es un punto de referencia en la zona.

"Prisioneras de tradición, la historia real"

Shahdara se desarrolló en torno a un bazar Chhota (pequeño mercado) se llamó Chandrawali, pueblo que data del siglo 16. Fue utilizado como un pasaje de Meerut a Delhi en la antigüedad. Es la segunda región más antigua de Delhi después de Chandni Chowk. En el siglo 18, Shahdara tenía almacenes de grano y los mercados de granos wholesale que abastecían el mercado de granos Paharganj, a través del río Yamuna.

Shahdara contiene dos zonas del concejo municipal (Shahdara norte y sur Shahdara) .
Es la cuarta estación de la 'Línea 1' del Metro de Delhi. El Cross River Mall. Tiene tiendas, cafés, restaurantes y cines. En la principal Bada Bazaar y Chota Bazaar, es la tienda " Hira Lal Halwai ", un vendedor de balushahi, un postre tradicional de la India .

Shahdara es la ubicación de la Mandir Sai (un templo). El Akshardham es un templo y un centro de exposición de arte cultural e histórico. También hay mezquitas, iglesias, gurdwaras y budista y templos jain existentes en la tolerancia religiosa de la ciudad de Delhi.
Vishwas Nagar es un barrio en el gran suburbio en Shahdara con aproximadamente 50.000 electores. A diferencia de la mayoría de Shahdara, es una colonia bien establecida y planificada con calles paralelas, algunas de las cuales llevan el nombre de los Pandavas. Las dos calles principales son la carretera Pandav y carretera de 60 pies. En la carretera de 60 pies se encuentran una serie de bancos, incluyendo OSE, Andhra Bank, Bank of Baroda, el banco HDFC, PNB, y Tamil Nadu Mercantile Bank. Paralelamente a 60 pies están las carreteras Bhishma y carretera Kunti, que proporcionan un puente para el tráfico. Carretera de 60 pies es también el sitio de un mercado semanal de los sábados. Vishwas Nagar tiene un cine llamado el teatro Supremo; anteriormente el

"Prisioneras de tradición, la historia real"

cine Swarn . El " Nagar Extensión Vishwas " y el "New Vishwas Nagar " son las áreas de mayor afluencia contienen un distrito central de negocios.

En Vishwas Nagar también encontramos el templo Mata Chintapurni, Maharaja Surajmal Park, el centro comercial Río Cross, el centro comercial Agarwal Fun City, el Kempinski Ambience Hotel, el hotel Park Plaza, una estación de bombeo de GNC, dos bombas de gasolina, una estación de bomberos, el centro de la contaminación tablero de control, el tribunal Karkardooma, el Instituto de Contadores Públicos de la India y una Universidad planeada de Delhi campus. Hay una serie de escuelas, incluyendo una escuela secundaria superior del gobierno y una escuela de MCD los Ángeles de la escuela secundaria superior pública y clases arios.

NOTA: Esta breve descripción fue tomada de la enciclopedia Wikipedia y de la información suministrada por mi amigo hindú, el señor Rajender Parshad Arora quien vive en dicha ciudad.

"Prisioneras de tradición, la historia real"

Después de rentar el apartamento, Mukul e Hiresh fueron a comprar los electrodomésticos que necesitaban, como la cama, la nevera, etc., enseres de cocina, una sala, un televisor y la cuna para Adya. Así mismo llevaron muchos víveres para que Kusum no saliera. Vieron un aviso muy grande donde el congresista Ghanshyam de la ciudad de Mumbai ofrecía una recompensa de US 50.000,00 a quien diera información sobre su hijo Hiresh y su nuera Kusum. A partir de ese momento Hiresh comenzó a usar lentes oscuros, sombrero y se dejó crecer la barba. Haría que Kusum cortara su larga cabellera y la tinturara de otro color. Ya le crecería de nuevo.

Hiresh, Kusum y Adya se hallaban instalados en su apartamento. La habitación era para Kusum y Adya. Él dormiría en la sala. En las horas de la tarde comenzó su trabajo en el negocio de Mukul, que afortunadamente estaba ubicado cerca de la casa.

Sneha visitaba a Kusum diariamente. Hacía muchas preguntas tales como si Hiresh era su esposo. La inocente joven, sin pensarlo, así lo confirmó. Trataba de evadir el interrogatorio sobre sus familias y su traslado a la ciudad de Delhi.

Hiresh tenía un cofre con llave en el rincón de la biblioteca donde guardaba valiosos documentos. Eran las pruebas acumuladas contra sus padres. Sin que Ghanshyam, Parvati y Lakshya lo notaran había tomado fotos a Kusum mostrando los golpes recibidos. Instaló un micrófono en la oficina y habitación de sus padres, grabando las conversaciones donde se reían por quitarles la cadena de restaurantes a sus verdaderos propietarios, las numerosas estafas, el robo de tierras que luego vendían a precios elevadísimos. Las amenazas a Sudama y su familia

"Prisioneras de tradición, la historia real"

pidiéndoles más dinero. También quedó grabado el deseo de Parvati de hacer abortar a Kusum, cuando le pegaba y le hacía repetir el mismo trabajo varias veces, el tormento sicológico, además, tenía escrito el testimonio de médicos y enfermeras que atendieron a la joven al día siguiente de su matrimonio con Lakshya, a quien acusaría por maltrato físico a su esposa. Tenía más documentos que utilizaría en contra de sus padres. Alguna persona en este mundo tendría que poner fin a los abusos del congresista Ghanshyam, su esposa y su hijo Lakshya que seguía los mismos pasos de sus padres. Era otro estafador y aunque no tenía pruebas contra él ya caería a la cárcel porque la justicia Divina se encargaría de condenarlo por el maltrato a su esposa. Su amigo Rajender, el papá de Priya, la esclava sexual de su padre, le había dicho que no descansaría hasta que el congresista estuviera en la cárcel para liberar a su hija y llevársela lejos donde pudiera comenzar una nueva vida.

Sneha deseaba averiguar la verdad prontamente. Le extrañaba que Kusum no saliera durante el día. Husmeaba por el apartamento. Lo tocaba todo. Leía lo que encontraba a su paso. Jamás pudo abrir el cofre porque tenía llave. Para Kusum, niña inocente y pura, era normal la actitud de su amiga.

Hiresh y Kusum estaban enamorados. Jamás se dieron un beso ni tocaron sus cuerpos. Sabían que era pecado porque Kusum era la esposa de Lakshya. Hiresh la respetaba a tal punto que no le importaba vivir con ella sin tocarle ni uno solo de sus cabellos pero al menos la veía diariamente. Aunque Adya era su sobrina la trataba como a su propia hija. Deseaba que Kusum terminara la escuela secundaria e ingresara a la universidad. Así tendría una vida más fácil si a él le sucedía algo malo. La inscribió en la escuela pública Madre Teresa para estudiar en las horas de la noche cuando

"Prisioneras de tradición, la historia real"

él regresara a casa y se quedara con Adya.
Pasaron varios meses en completa calma. Mukul e Hiresh trabajaban fuertemente. Kusum y Sneha atendían sus respectivos hogares.

Siempre escuchaban los noticieros donde informaban que el congresista Ghanshyam de Mumbai ofrecía recompensa por la captura de su hijo Hiresh acusado de secuestrar a su nieta Adya y vivir en adulterio con la esposa de su propio hermano. Afortunadamente para ellos Sneha no veía noticieros. Sus programas preferidos eran las películas donde los protagonistas fueran hermosos muchachos que la hicieran soñar y enloquecer de amor ya que su esposo no le producía ningún placer, quizá por eso no quedaba embarazada.

Hiresh enviaba dinero para sus abuelos a través de Mukul. Así mismo recibía, con gran tristeza, las noticias sobre la maldad de sus padres que continuaban estafando a los incautos que confiaban en ellos. Eran temidos en Mumbai y tenían muchos enemigos.

Las autoridades de Delhi prometieron a Ghanshyam entregarle los fugitivos tan pronto como los atraparan, pero con el cambio físico nadie los reconocía. Hiresh con su larga barba y Kusum con su cabello corto. Se veía hermosa y Sneha se sentía más celosa que antes.

Pasaron años y ellos nunca se comunicaron con sus respectivas familias, es decir, Hiresh con sus abuelos y Kusum con sus padres y hermanas. Adya se había convertido en una hermosa niña igual a su mamá y al año siguiente comenzaría sus estudios.

A través de Rajender y Mukul sabían que todos estaban

"Prisioneras de tradición, la historia real"

bien. Pallavi y Juhi se dedicaron al estudio porque su mayor ambición era ser abogadas y comenzar su lucha por las mujeres de su país.

Cierta noche en que Hiresh y Mukul no regresaban porque tenían muchísimo trabajo en el negocio y Kusum saldría para la escuela nocturna, Sneha se ofreció para cuidar de la niña, pero sus intenciones era seguir husmeando en cada uno de los rincones de la casa de Kusum.

Miraba y miraba el cofre con llave y luchó hasta reventar el candado. Después de leer los documentos corrió a su casa escondió el cajón y regresó a cuidar de Adya, pero antes llamó a las autoridades, que informando al congresista de Mumbai viajó de inmediato a Delhi con su esposa y su hijo Lakshya para atrapar, a los que según ellos, fueron los traidores y malos de la familia: Hiresh y Kusum. Le solicitaron a Sneha guardar silencio para que no huyeran. Tan pronto como llegaran le darían el dinero de la recompensa.

La mala mujer estaba dichosa porque recibiría US50.000,00. Se marcharía lejos de Mukul. Conseguiría un hombre bonito que la hiciera feliz. Con estos pensamientos olvidó el cofrecito de Hiresh y su valioso contenido el cual tenía escondido un cajón de la cocina porque sabía que su esposo pocas veces entrada a dicho sitio.

Horas más tarde Mukul, Hiresh y Kusum regresaron a sus respectivos hogares sin pensar lo que les esperaba. Agradecieron a Sneha el haber cuidado de Adya. La mala mujer sin ocultar su felicidad se fue a dormir.

Siendo de madrugada las autoridades de Delhi acompañadas de Ghanshyam y su familia tocaron a la puerta de la casa de

"Prisioneras de tradición, la historia real"

Mukul, que se enteró en ese momento de la traición de su esposa. Estaba muy triste. Comenzó a correr hacia el apartamento de Hiresh pero le impidieron el paso. Mukul gritaba a sus amigos que haría hasta lo imposible por liberarlos y demostrar la verdad sobre el congresista.

Cuando Sneha pidió su recompensa al congresista se rió de ella diciéndole que no le daría ni un solo dólar.

Mukul tomó a su esposa del brazo y sin permitirle sacar sus efectos personales, tales como su vestuario la echó del hogar como a un perro rabioso.

Antes de regresar a Mumbai con Hiresh y Kusum prisioneros, visitaron el hospicio Asshray para niños sin hogar donde dejaron a Adya, diciendo que la habían encontrado abandonada y podían darla en adopción si así lo deseaban.

Hiresh y Kusum gritaban desesperados que le entregaran la niña a Puja pero el congresista y su familia se reían de ellos sin responderles.

Cuando llegaron a Mumbai, Hiresh fue conducido a la cárcel Arthur Road acusado de secuestrar y matar a la nieta del congresista. Kusum fue conducida a la cárcel Byculla acusada de participar en la muerte de su propia hija.

En los noticieros se hablaba sobre la pareja de adúlteros, así como del secuestro y muerte de la niña Adya, nieta del congresista. Éste, feliz, hablaba y lloraba en la televisión por la desgracia de su casta.

Sudama y familia, lo mismo que los abuelos de Hiresh estaban tristes porque sabían que los jóvenes eran inocentes.

"Prisioneras de tradición, la historia real"

Lloraban por Adya. Estaban seguros que el congresista la había regalado. La buscarían de inmediato.

La ira de Juhi era intensa. Faltaba menos de un año para su graduación como abogada y otro que pasaría en Los Estados Unidos con Alok. Sus profesores de la universidad le ayudaron en la búsqueda de su sobrina en la ciudad de Delhi. Contrataron investigadores privados y seis meses después la encontraron en manos de una pareja de campesinos que la adoptaron para venderla al mercado de la prostitución.

Los campesinos, amenazados por los investigadores, devolvieron la niña sin pedir explicación alguna. Adya fue entregada a Sudama y su familia.

Como Hiresh y Kusum permanecían incomunicados Juhi consiguió permisos especiales para visitarlos. Les pedía paciencia porque ella misma terminaría con el congresista y su malvada familia. Kusum vivía más tranquila sabiendo que su hija estaba en manos de su mamá.

Alok pedía a Juhi mucha calma porque en dos años las mujeres de su amado país India serían libres de hacer su voluntad. El congresista y su familia pagarían con creces su maldad.

Juhi se entregaba con tanto amor al estudio, que muchas personas, estudiantes y profesores prometieron unirse a su causa.

No comenzaba su guerra desde ahora porque su amor por Alok era muy grande y quería conocer América y preparar su lucha, que según ella, sería a muerte.

"Prisioneras de tradición, la historia real"

La sangre le hervía en las venas al recordar la suerte de su hermana. Se iría por un año, pero Pallavi que ya progresaba en sus estudios de derecho seguiría sus instrucciones.

El congresista nunca supo que su nieta había sido recuperada y vivía feliz con sus abuelos maternos. De vez en cuando la llevaban a visitar a los abuelos de Hiresh.

CAPÍTULO CUARTO

Alok, el joven hindú que llegó a los Estados Unidos con su única compañera, su vieja guitarra, después de terminar su carrera de música en la universidad de Harvard se convirtió en un cantante famoso a nivel mundial.

Su profesor de canto, el señor Robert Smith, era su representante. Tenían innumerables contratos los cuales cumplían por más pequeños que fueran.

Alok era joven, millonario, famoso y muy atractivo, cualidades que enloquecían a las mujeres que no lo dejaban en paz. Contrataron una secretaria que respondiera los miles de correos electrónicos que el joven recibía diariamente.

Vivían en el distrito más famoso de la ciudad de los Ángeles, llamado Hollywood, conocido por la industria cinematográfica. Le habían ofrecido mucho dinero para protagonizar películas románticas.

Robert y su pupilo ocupaban una lujosa residencia de siete dormitorios, con aire acondicionado, televisión, bañera, bar

y muchas comodidades más. Construida en su exterior con mampostería. Piso de mármol. Rodeada de árboles. En la parte delantera se vía un hermoso jardín y una terraza tipo mirador. La sala de música, con sus amplios ventanales, era el sitio predilecto de Alok. Se observaba la colección de guitarras y en las estanterías se exhibían los galardones obtenido como el mejor cantante del mundo.
Pasaba mucho tiempo en la sala de música estudiando y componiendo las canciones que interpretaba. No tenía cuadros ni espejos. Solamente se veía la foto de Juhi por toda la sala de música.

En el primer nivel de la mansión, fuera de la enorme sala de música, había un pasillo donde Alok tenía las fotos de su familia y la de Juhi, pero el retrato que se vía al fondo de este corredor era la foto gigante de la joven.

En este primer nivel también observamos el lujoso y amplio comedor para recibir a tantos invitados como lo visitaban.

La cocina era inmensa y a través de sus ventanales se veían los árboles que conformaban el bosque.

Había varias salas de recibo llenas de muebles blancos, equipos de sonido, televisores, bares donde los invitados hacían sus delicias.

Contigua a la sala de música se hallaban dos lujosas oficinas decoradas con gusto y estilo. Una de ellas la ocupaban Robert y su secretaria Susan y la otra estaba vacía esperando a su dueña para que comenzara su labor de abogada preparando su lucha por el bien de las mujeres hindúes.

En el segundo nivel se hallaban los siete dormitorios, de los cuales, el primero y más amplio era el de Alok y los dos

"Prisioneras de tradición, la historia real"

últimos eran ocupados por Robert y su Secretaria. Así lo pidieron ellos para no incomodar la privacidad al cantante.

Alok y su novia Juhi se comunicaban diariamente. Le enviaba dinero para ella, su familia y los padres del joven. Juhi entregaba el dinero a Sudama, su papá, porque ella no lo necesitaba.

El dinero les sobraba gracias a Alok por lo tanto decidieron comprar un apartamento en Malabar Hill. Puja repetía una y otra vez lo bruta que había sido al rechazar a un joven como él. No les faltaba nada. No trabajaban porque el dinero que el joven enviaba lo pusieron en un banco y les daba excelentes intereses mensuales.

Al principio, Sudama no deseaba aceptar la ayuda económica de Alok porque en la India es un tabú recibir dinero de un futuro yerno, pero Juhi lo convenció diciéndole que esta práctica era muy común en otros países.

Lo mismo hizo con los padres del joven. Les compraron otro apartamento en un edificio similar al de ellos en Malabar Hill. Los cuñados de Alok, al ver el cambio económico de sus suegros, comenzaron a pedir dinero, pero Juhi, que era una estudiante sobresaliente en leyes, consiguió la asesoría de sus profesores y obtuvo el divorcio para sus cuñadas, que fueron a vivir con sus padres. Cada una de ellas tenían dos niñas.

Alok, feliz con la noticia del divorcio, dijo que de todos modos pagarían los sufrimientos y torturas que hicieron a sus hermanas.

Ghanshyam y su familia hacía años que no sabían nada de Sudama por eso no se enteraron de su progreso económico.

"Prisioneras de tradición, la historia real"

Alok pidió a Robert suspender todos los contratos porque Juhi llegaría ese fin de semana. En los medios de comunicación se hablaba de la hermosa joven de ojos negros que había robado el corazón del famoso cantante. Lo más bonito es que, aún en la distancia, fueron fieles el uno al otro. Las fotos de Alok y Juhi aparecían en los noticieros. En Hollywood esperaban ansiosos la llegada de la encantadora mujer hindú de cabello negro hasta la cintura, que aún sin conocer América, era célebre en todo el país.

Alok no dormía. No comía. Estaba ansioso y desesperado. Apenas era miércoles y la joven llegaría sábado en las horas de la noche. Robert se reía de él y le aconsejaba salir a correr con su perrito Soly, hermoso French Poodle que amaba a su dueño. Pero la gente siempre lo detenía para que firmara autógrafos por eso permanecía dentro de la mansión tocando su vieja guitarra. Aunque tenía muchísimas, su vieja compañera sería conservada por siempre. Trataba de ocultarse pero la gente que pasaba cerca de su mansión se detenía a escuchar su maravillosa voz.

Juhi, en el aeropuerto de Mumbai lloraba de alegría y emoción. Estaba a punto de desmayarse. Su corazón enamorado palpitaba fuertemente. Juhi, Pallavi y sus padres se abrazaron despidiéndose por un año. Regresaría con Alok y emprenderían su lucha por la libertad de sus paisanas.

El avión de Juhi aterrizaría a las 7 p.m. y Alok estaba en el aeropuerto desde las 6 p.m. Parecía un niño. Caminaba, se sentaba, comía un dulce, corría a la llegada de un avión, respondía a los periodistas que lo seguían sonrientes viendo su ansiedad. Por fin llegó la hora cuando anunciaron la llegada del vuelo Jet Airways **No. 3353** procedente del

"Prisioneras de tradición, la historia real"

Aeropuerto Internacional Chhatrapati Shivaji de Mumbai. Alok casi se desmaya y fue sostenido por los presentes que gozaban viendo a este hermoso joven esperando a la reina de sus amores. Una gran multitud estaba con Alok esperando a que descendiera la hermosa Juhi.

Cuando descendió la espectacular india de ojos y cabello negro lacio hasta la cintura, Alok y los presentes no lo podían creer. ¡Si era la mujer más hermosa que habían visto! Al sentir tantos aplausos Juhi jamás pensó que fueran para ella. Al terminar de bajar las escaleras del avión se volteó esperando a que bajara el gran personaje a quien aplaudían, pero como no descendió nadie alzó sus hombros buscando ansiosa el sitio donde se hallaba Alok.

Al mirarse se abrazaron y besaron por más de media hora. Fueron muchos años de ausencia. No lo podían creer. ¡Su sueño hecho realidad! Ahora eran adultos y estaban en América. Unidos como estaban entonaron una hermosa canción que Alok enseñó a su novia a través distancia, llamada: Mi Amor.

Mi amor, no he sentido jamás lo que siento por ti cuando estás junto a mí.
Mi amor, yo por ti descubrí que la felicidad no es un sueño fugaz,
mi amor, que mis amigos ya no me hablen mas de libertades, fiestas y placeres,
si mi placer está en mirar tu ojos y mi cuerpo está de fiesta cuando siente tu calor.
Y no hay mejor libertad que la de podernos amar, hacernos al amor sin miedo a naufragar.

Mi amor, mi amor, no has sentido jamás lo que hoy sientes por mi cuando estoy junto a ti,

"Prisioneras de tradición, la historia real"

Mi amor, ven aquí abrázame, quédate junto a mí que te haré muy feliz.
Mi amor, tu mezcla de chiquilla y de mujer despierta mis anhelos y mi ser,
y aquí donde terminan las palabras, palmo a palmo mi ternura hará caminos en tu piel,
y beberé tu miel, pequeña amante fiel, y beberé de tu miel hasta el amanecer.

Mi amor, mi amor, no he sentido jamás lo que siento por ti cuando estás junto a mí,
mi amor, yo por ti descubrí que la felicidad no es un sueño fugaz,
mi amor, mi amor, no he sentido jamás lo que siento por ti cuando estás junto a mí.
(Interpretación famosa de esta canción: Laureano Brizuela, Argentina).

La multitud los aplaudía llorando por la emoción al escuchar el hermoso dueto que hacía la joven pareja.

Juhi se expresaba en inglés correctamente y respondía las preguntas sabiamente. La gente no los dejaba caminar pidiéndoles autógrafos porque el cantante y ahora su hermosa novia eran mucho más famosos. Alok había comprado una limosina de color blanco para recibir a su novia. Dentro del vehículo, Alok destapó una botella de champagne y sirvió a Juhi pero ésta lo miraba interrogante sabiendo que en la India las mujeres no beben licor. Él, besándola le decía: -Estamos en América. -En la más maravillosa y absoluta libertad donde las mujeres hacen su voluntad. -Iremos de compras y comenzarás a usar ropa moderna propia de las mujeres libres.

Robert había organizado una cena para agasajar a Juhi.

"Prisioneras de tradición, la historia real"

Entre los invitados había cantantes, actores, actrices, representantes artísticos y otros distinguidos personajes del mundo artístico. La mansión estaba de fiesta para recibir a la reina del hogar. El representante de Alok sabía que era la primera noche de amor de los enamorados y decoró la habitación con rosas rojas, una botella de champagne y música suave y romántica. Sobre la cama había una bonita y seductora pijama color blanco, comprada por Susan, la secretaria de la mansión. Era una hermosa mujer rubia de 30 años enamorada de Robert. Esa noche dormirían en un hotel para que la joven pareja disfrutara su intimidad. El perrito, vestido de smoking no entendía por qué tanto bullicio y seguía a Robert a todas partes.

Alok ordenó a su chofer detener la limosina frente a una boutique donde vendían vestidos para dama. Hizo que Juhi se midiera más de 20 comprándolos todos. Para esa, su primera noche en América, Alok escogió un traje largo y estrecho en seda rosada, sin cuello y sin mangas que hacían resaltar las curvas de su novia haciéndola más atractiva. Le colocó pendientes, collar, anillo y pulsera en diamantes. Su hermoso y sedoso cabello negro iba suelto hasta la cintura. Si sus hermanas eran encantadoras, ésta les ganaba en belleza.

Durante el trayecto a la mansión, Juhi abrazada por Alok observaba los paisajes y se admiraba de su belleza. Eran felices besándose y abrazándose en público.

Cuando entraron a la mansión los invitados quedaron extasiados al ver la belleza de la joven hindú de ojos negros y cabello largo. Robert comenzó a aplaudir seguido por los demás. Alok presentó a su novia y les pidió continuar la fiesta.

En el salón se comentaba la fidelidad de los jóvenes

"Prisioneras de tradición, la historia real"

enamorados. Daban la razón a Alok al no comprometerse con otra mujer porque la belleza de Juhi superaba a las demás. Las jóvenes que pretendían alcanzar el amor del cantante miraban a Juhi celosamente y sabían que nada podrían hacer para robarle el corazón de Alok.

Alok mostraba a su novia la casa que sería su hogar por un año. Después irían a la India y liberarían a las damas de su país. Volverían de visita a los Estados Unidos y finalmente se radicarían en la India para siempre.

Juhi estaba emocionada al ver la bienvenida preparada por su novio. Era feliz recibiendo y dando besos en público. No entendía por qué en su país se escondían para darse manifestaciones de amor. Ya terminarían con esa falta de sinceridad porque dos personas que se aman pueden besarse donde lo deseen y delante de cualquier persona.

Cuando Alok mostró a Juhi la alcoba que compartirían a partir de esa noche, la joven sintió tanta emoción que tomó a Alok entre sus brazos besándolo con toda la pasión que había guardado en su corazón desde su niñez. El joven, feliz, correspondía a los besos de su novia. Ambos eran vírgenes. Se guardaron fidelidad hasta ese día cuando, horas más tarde se fueran los invitados, se entregarían en cuerpo y alma a disfrutar de su maravilloso amor. El perrito entró a la habitación y Juhi lo cargaba amorosamente besándolo y hablándole cariñosamente. El animalito lamía su cara en señal de afecto.

Cuando regresaron al sitio donde se realizaba la fiesta los invitados pidieron a Alok que cantara. Él, tomando a su novia del brazo, la llevó al centro del salón, tomó su vieja guitarra dedicándole esta hermosa canción llamada "Noviecita":

"Prisioneras de tradición, la historia real"

> Tu corazón y el mío
> Poemas del amor,
> Se unieron una tarde
> Envueltos de ilusión.
>
> Si ahora que empezamos
> Tan dulce es todo eso,
> Cuando lleguen los besos
> Yo no sé que pasará.
>
> Es cierto noviecita
> que todo alrededor,
> Parece más bonito
> Cuando llega el amor.
>
> Si ahora que soñamos
> Vivimos tan dichosos
> En un nidito hermoso
> Yo no sé que pasará.
>
> Es cierto noviecita
> Que todo alrededor
> Parece más bonito
> Cuando llega el amor.
>
> Si ahora que soñamos
> Vivimos tan dichosos
> En un nido hermoso
> Yo no sé que pasará
> (Interpretación famosa de esta canción Genaro Salinas, México)

Alok besaba a Juhi mientras los asistentes aplaudían y tomaban fotos de la pareja. La joven hindú de ojos negros y

"Prisioneras de tradición, la historia real"

cabello largo pensaba que se desmayaría por la felicidad. Estaba ansiosa por quedar a solas con Alok.

Los invitados, como también Robert y Susan, se despidieron en las horas de la madrugada. El Representante de Alok y su Secretaria, vivirían, al igual que sus jefes, una hermosa y romántica noche de amor.

Los enamorados se entregaron el uno a otro sin reserva alguna demostrándose el amor guardado por tantos años. Sus únicos testigos fueron Dios y su perrito Soly que dormía a sus pies despreocupadamente.

Los enamorados saldrían de luna miel por América del Sur, del Centro y del Norte. No se casarían en un país diferente al suyo. Ante Dios ya eran marido y mujer y su unión tenía la Bendición Divina.

Robert y Susan les contaron que también eran pareja y se casarían cuando regresaran del viaje de bodas. El perrito lloraba tristemente al presentir que no vería a sus amos en mucho tiempo.

El recorrido comenzaría en Sur América. Juhi estaba ansiosa por aprender el baile típico de Argentina, el tango. Se detendrían en cada país. Observarían sus costumbres, pero sobretodo la maravillosa libertad de las mujeres, aún para vestirse. En Colombia deseaban estar presentes en la feria de las flores que se realiza en la ciudad de Medellín porque habían visto en internet el desfile de silleteros.

Cada región sobresalía por algún espectáculo famoso. Juhi creía vivir en el paraíso. Era maravilloso ir de país en país mirando gente tan diferente a su raza. En Sudamérica encontraron más de media docena de naciones con un

"Prisioneras de tradición, la historia real"

importante turismo. Desde territorios interiores como Paraguay y <u>Bolivia</u>, a los costeros como Perú y Chile en el pacífico o <u>Venezuela</u> y Colombia en la costa Atlántica y <u>Caribe</u>.

En la ciudad de Río de Janeiro en el Brasil aprendieron a bailar samba y a degustar el delicioso licor típico de este país llamado caipiriña. Juhi reía fuertemente al pensar en que si los hombres de su país la vieran tomando licor se escandalizarían. Mientras ella reía, Alok la abrazaba y besaba. Parecía hechizado por la belleza de su novia a quien miraba sin respirar. Juhi sonreía diciéndole: -Eres mi hindú tonto y bonito.

En Venezuela visitaron las Islas Margaritas donde degustaron el famoso sancocho o hervido de pescado como el plato tradicional del lugar.

En Perú visitaron la montaña llamada Machu Picchu, construida en el siglo XV como santuario religioso de los Incas. Se ubica en la Amazonía del sureste peruano a 2.490 metros de altitud, en la turística región Cusco. Pasaron varios días en cada país suramericano disfrutando de esta hermosa tierra y viviendo el más preciado tesoro que tenían en sus vidas: Su amor y su libertad. Así mismo visitaron Uruguay, Paraguay, Chile, Ecuador, Bolivia y Colombia.

América Central era para ellos sinónimo de sol, playa, aguas tibias y cristalinas.

En Guatemala visitaron la Costa Esmeralda. Estuvieron en "El Amazonas de Costa Rica", un bosque lluvioso atravesado por ríos y canales, en el que se produce (entre julio y octubre) el desove de las tortugas verdes. La Isla Grande, en el Caribe panameño, con sus playas de arena blanca y su exuberante vegetación. La isla Taboga o "Isla de las Flores", en el golfo de Panamá, con tibias aguas muy especiales para la práctica del buceo y los deportes náuticos. En Cuba estuvieron en las playas de arena blanca

"Prisioneras de tradición, la historia real"

de Varadero, ciudad cubana con una variada oferta hotelera. Visitaron las playas blancas de Jamaica, entre las que se destacan Doctor's Cave (Cueva del Doctor), Walter Fletcher y Cornwall Beach.

También fueron a la isla de Dominica, ideal para la práctica del senderismo y el submarinismo playas de Punta Cana (República Dominicana), con arena blanca, gigantes palmeras y aguas cristalinas; las playas de la provincia de Puerto Plata (nombre dado a estas costas por el propio Cristóbal Colón, deslumbrado por la belleza de su mar), en la costa atlántica de la República Dominicana, las diversas playas de Puerto Rico, como Isla Verde, Seven Seas, Shacks, Luquillo y Boquerón y las ciudades de Managua, San José de Costa Rica, Ciudad de Panamá, La Habana y Santo Domingo.

En América del Norte estuvieron en las paradisíacas playas de la península de Yucatán hasta los imponentes glaciares de Alaska. América del Norte les ofreció hermosísimos paisajes, tales como las playas de Puerto Vallarta, en el estado de Jalisco (Méjico), donde es posible ver ballenas, observar aves, montar caballos y hacer largos paseos en bicicleta. La bahía de Acapulco, en el estado de Guerrero (Méjico). Las doradas arenas de Cancún, en el estado de Quintana Roo, al este de la Península de Yucatán (Méjico). Las ciudades mexicanas de Monterrey, Guadalajara, Zacatecas, Puebla y Oajac de Juárez (Oaxaca de Juárez). El Distrito Federal mexicano, las playas de San Diego, importante ciudad ubicada en el extremo suroeste del estado de California (Estados Unidos). El Gran Cañón del Colorado, en el estado de Arizona, una de las vistas más impactantes del planeta. El gigantesco complejo turístico Disney World, en Orlando, estado de La Florida. El Parque Central (Central Park). Las avenidas y los rascacielos del majestuoso barrio de Manhattan, en Nueva York (New York). Las Cataratas del Niágara, en el límite entre los estados de Nueva York (Estados Unidos) y Ontario(Canadá) y las hermosas ciudades canadienses de Toronto, Vancouver, Quebec y Montreal.

El viaje de bodas duró seis meses. Regresaron a su mansión dedicándose a preparar el programa que desarrollarían en la India para liberar a las mujeres, pero también hacían shows musicales a favor de los ancianos sin cobrar la entrada a los mismos.

En seis meses viajarían a la India. Robert y Susan permanecerían en los Estados Unidos cuidando del perrito y los negocios. Además, la misión que emprenderían era muy peligrosa y tenían que hacerla con las mujeres hindúes.

CAPÍTULO CINCO

Sarika, una amiga de Juhi amaba a José, un muchacho apuesto dos años mayor que ella. Ambos estudiaban en la misma escuela y vivían cerca.

José era un estudiante excelente y ayudaba a Sarika en sus deberes escolares. Tenía una personalidad encantadora ganándose el cariño de todas las personas que lo conocían. Su voz era suave y dulce pero varonil, cualidades que cautivaron a Sarika. Otras chicas estaban interesadas en él, pero la inocencia y simplicidad de Sarika tocaron una fibra sensible en su corazón. Poco a poco se enamoraron hasta que llegó un momento en que se comprometieron para casarse al finalizar sus estudios.

Sarika sabía muy bien que sus padres no deseaban que su hija tuviera una historia de amor. Las personas educadas y de clase alta en la India son liberales en estos aspectos y los matrimonios por amor se han vuelto muy comunes. Pero en los de estratos más bajos de la sociedad se debe romper esta tradición. Incluso aquellos que dan permiso a sus hijos para elegir pareja, tienen dificultades para casar a sus hijas con un hombre de una casta inferior. José pertenecía a una clase social diferente y era cristiano. Era casi imposible que el padre de Sarika se la entregara en matrimonio. Estaría condenado al destierro si lo hacía.

Sarika jamás pensó en lo que podría suceder cuando se enamoró de José, y ahora que lo hacía se estremeció. Su única esperanza era que él, que era tan bueno en los estudios consiguiera un trabajo o se convirtiera en un profesional y de esta forma su padre estaría de acuerdo con el matrimonio. Por ahora su única opción era esperar y mantener su romance en secreto. Sin embargo, los padres del joven sabían de su amor por Sarika y no tenían objeción en que la boda se realizara a su debido tiempo.

Pero después de la muerte de Shivani, su madre la retiró de la escuela y deseaba casarla. Sarika sólo tenía 14 años y protestó enérgicamente pero sus padres no estaban de humor para escucharla. Tenían que arreglar su matrimonio antes de que ella también corriera la misma suerte de su hermana. Sarika no tuvo otra salida y reveló su amor por José rogándole a su padre que esperara. Ella le contó que él era guapo, inteligente, cariñoso y amable y, sobre todo, los dos se amaban. Pero su padre no la escuchó. El nombre 'José' sí lo llenó de rabia dándole una paliza a su hija y antes de que el joven enamorado pudiera saberlo, Roshan dejó Mumbai dirigiéndose a su pueblo natal con su esposa Bimla y su retoño. Las protestas de la muchacha fueron en vano.

Sarika se casó con un rico terrateniente, Mansukh, de 24 años. El hombre sufría de parálisis, siendo ésta, la única razón por la cual aceptó ser su esposa. Bimla y Roshan lo sabían, pero cerraron los ojos. Cuando la joven llegó a su mayoría de edad y conoció la enfermedad de su esposo, lloraba y lloraba, pero nadie escuchaba su llanto.

Mansukh no era un hombre malo. Era un caballero de

corazón. En la noche de bodas, habló en voz baja a Sarika preguntándole la razón de su tristeza. Ella narró su historia contándole de su amor por José.

Mansukh estaba triste porque su suegro le había mentido diciéndole que la joven había consentido casarse con él sabiendo de sus limitaciones físicas. Consoló a Sarika y le prometió liberarla del matrimonio si José estaba dispuesto a aceptarla. Ella calmó sus sentimientos y se llenó de respeto por su esposo. Le pidió un poco de tiempo hasta que estuviera lista para tener relaciones conyugales y él aceptó.

El padre de Mansukh, Manohar, era propietario de grandes extensiones de tierra y su casa era inmensa. Tenía otros dos hijos mayores Ramsukh y Shivsukh

Mansukh tenía tres hermanos. Dos de ellos mayores, Ramsukh y Shivsukh, casados y el otro era más joven, Dhansukh el cual era soltero. Esta familia vivía en la misma casa, ubicada en el centro del pueblo. Tenían 10 habitaciones y un inmenso patio. Los sirvientes trabajaban tanto en la casa como en las granjas. El padre de Mansukh era el jefe de la aldea. Sus hermanos mayores cuidaban la agricultura. Mansukh siendo un inválido no hacia nada. Pero el menor de todos, a pesar de que era fuerte y robusto, era un vago al igual que sus amigos. Se entregó a todo tipo de vicios como la bebida, el juego, el cigarrillo, etc. Había violado a muchas niñas menores pero debido a la influencia de su padre y el miedo que los demás sentían de sus malvados amigos, nadie se quejaba.

Sarika se olvidó de sí misma y decidió cumplir sus obligaciones como esposa hindú fiel y servir a su esposo como Dios lo ha ordenado por las escrituras hindúes. Dedicó todo su tiempo a su marido. Le ayudaba a bañarse y hacer

"Prisioneras de tradición, la historia real"

todas sus funciones corporales ya que él no podía. Le preparaba la comida y se la daba. Le llevaba el periódico, o si él deseaba acostarse ella lo leía para él.

Consultó médicos que aconsejaban fricciones y ejercicios y ella le ayudaba en sus terapias físicas. Masajeaba sus órganos afectados por la parálisis con aceites medicinales y gracias a sus esfuerzos su esposo tuvo una mejoría notable. Podía caminar y usar su mano mucho mejor que antes. Estaba feliz y agradecido con Sarika. Pero ella siempre decía que era su deber como esposa y ser humano.

Pasaron tres años y los padres de Mansukh estaban felices. La recuperación de su hijo despertó sus esperanzas de ser abuelos y que sus nietos continuaran la línea familiar. Mansukh los desanimaba al recordar la promesa hecha a su esposa. Pero cuando sus súplicas se hicieron más fuertes y persistentes, discutió el tema con Sarika. Él le dijo que si no estaba de acuerdo lo entendería. Pero ella decidió darle gusto a sus suegros porque era justo que desearan un nieto.

Los padres de Mansukh estaban felices. Su madre visitó al sacerdote de la familia quien aconsejó muchas actividades religiosas para que Sarika tuviera un hijo varón. No querían hijas, solo un hijo. La joven quedó embarazada. Su familia política deseaba hacer una ecografía para saber el sexo del feto, pero los futuros padres no estaban de acuerdo con este examen. Dijeron a Sarika que se sometiera a un examen de rutina, pero le hicieron la ecografía y por desgracia para ellos, el resultado fue que la joven tendría niñas gemelas.

Los padres de Mansukh contrataron un médico para que la hiciera abortar pero Sarika y su esposo se extrañaron de esta solicitud porque ella estaba en perfecto estado de salud. Tiempo después los futuros padres se enteraron el motivo

"Prisioneras de tradición, la historia real"

por el cual deseaban el aborto: Tendría niñas gemelas. Lloró suplicándole a su esposo que no permitiera que mataran a sus hijas en su vientre. Pero Mansukh no estaba de acuerdo con ella. Él también deseaba un hijo que llevara su línea familiar hacia adelante y conseguir su participación en la propiedad y gestión de sus tierras.

Sarika le suplicaba que no abortaran a sus hijas. Le dijo que si Dios le hubiera dado un niño ella sería feliz, pero cualquiera que sea el don de la Providencia se debe aceptar con gratitud. Le dio muchos ejemplos sobre niñas convenciendo a su marido de que éstas podían hacer los trabajos que sus padres desearan como si fueran unos chicos, las mujeres son más sinceras, obedientes y cariñosas. Así mismo le relató casos de chicos que eran un tormento para sus familias, como el menor de sus cuñados que daba mal nombre a la familia.

También le recordó cómo se respetaban y veneraban las mujeres en la cultura hindú. "¿Por qué adoras Ma Durga en navratris y por qué adoras a las niñas? ¿No son las diosas de la riqueza, el aprendizaje y el poder de todas las mujeres? ¿No es hipocresía adorar estas deidades de las riquezas y los conocimientos y matar a las mujeres con el fin de escapar de la responsabilidad? Si no hay mujeres, ¿cómo seguirá la línea de la familia? ", Me preguntó. Por último, Mansukh le prometió que las niñas no serían abortadas.

Ahora Sarika sentía paz porque su esposo estaba de su lado. Los padres de Mansukh lo presionaban amenazándolo con desheredarlo y le recordaron que era un inválido y que cuando las niñas crecieran se irían a su propio hogar y él se quedaría solo, pero él, firme en su propósito de no matar a sus hijas dijo que era la voluntad de Dios

"Prisioneras de tradición, la historia real"

Sarika dio a luz a dos hermosas niñas. Estaba muy feliz lo mismo que su esposo. Dedicaba su tiempo a cuidar de las bebés. La joven, recordando su pasado daba gracias a Dios por haberle dado tanta paz y felicidad. Perdió a su amado José y lo sentía por él. No tenía medios para investigar sobre él. Pensaba en la tristeza que debió sentir cuando ella desapareció de Mumbai. Mentalmente le pedía perdón, aunque sabía que no era su culpa.

Justo cuando Sarika pensaba que su alegría era completa, el destino la golpeó con manos crueles. Mansukh, que había ido a la ciudad cercana, tuvo un accidente muriendo en el acto.

Cuando Sarika se enteró de la noticia, cayó inconsciente. Al volver en sí estaba muda por la sorpresa. Lloró y gimió, pero todo fue en vano. Lo trágico es que apenas con 18 años de edad se había convertido en una viuda con dos niñas menores de un año y se encontraba en un ambiente hostil para ella. Mansukh, su único escudo contra su ortodoxia en las leyes, la había dejado en el momento en que más lo necesitaba.

Pocos días después de haberse realizado los últimos ritos de Mansukh, Dhansukh, el menor de sus cuñados entró en su habitación y totalmente embriagado se sentó a su lado, ella se dirigió a la puerta pero él la detuvo preguntándole dónde iba, así mismo decía que su hermano estaba muerto y que siempre había deseado disfrutar de su hermoso cuerpo. Dios lo había escuchado y era el momento de ser suya.

Sarika estaba aterrada por la indecente propuesta del hombre más desvergonzado que había conocido en su vida y quien estaba feliz por la muerte de su hermano. Llorando amargamente buscó a su suegra contándole lo sucedido, pero

"Prisioneras de tradición, la historia real"

se llevó una gran sorpresa cuando ella le respondió:

- "El chico es tonto y apresurado. No debería haber hecho esto. Pero la verdad es que hay que casarse con él. Esta es la única manera en que el honor de la familia puede ser protegido. No hay otra alternativa. Eres demasiado joven y no hay nadie para cuidar de ti. No se puede vivir sin marido en este mundo cruel. Afortunadamente para ti, este chico es de nuestra propia familia y puede ser tu escudo protector. De esta manera, seguirás protegida y puede ser, con la gracia de Dios, que concebirás un hijo de Dhansukh. Daremos las niñas a un orfanato". Palabras que traspasaron el corazón de Sarika y salió en silencio del cuarto de su suegra.

Sarika se encerró en su cuarto llorando amargamente. -¿Qué haría? -¿Dónde iría? Lo más triste es que no tenía a nadie que la salvara del hombre malo llamado Dhansukh. Oró al Todopodero: "¡Oh Señor! Usted es el protector de todos. Has salvado el honor de muchos. Por favor, sálvame de las garras de este sinvergüenza. "y se fue a dormir.

Dios escuchó sus oraciones. Por la mañana llegaron sus padres, Bimla y Roshan a quienes les dieron la bienvenida agasajándolos con un almuerzo. El papá de Sarika comentó que, según la tradición, después de la muerte del esposo, su hija iría con ellos para que los familiares le dieran sus condolencias. Los padres de Mansukh estuvieron de acuerdo, pero también discutieron el matrimonio de la joven con Dhansukh. Roshan estuvo de acuerdo si su hija así lo deseaba.

Sarika permanecía callada porque sabía que rebelándose no ganaba nada, silencio que fue tomado como aceptación al nuevo matrimonio, para la alegría de sus suegros. Le permitieron alejarse por una semana. En cuanto a las hijas de

"Prisioneras de tradición, la historia real"

Sarika debían permanecer con sus abuelos maternos y hacer con ellas lo que desearan, propuesta que llenó de rabia a la joven madre.

Joseph terminó su escuela secundaria con honores en todas las materias. Aprendió taquigrafía y mecanografía mientras estudiaba en la escuela. Gracias a estos conocimientos consiguió un trabajo como taquígrafo en una empresa multinacional. Estudiaba de noche y pronto se graduaría.

Días después de la ausencia de Sarika en la escuela, José preguntó a uno de sus amigos que vivía cerca de la joven. Supo que los padres de la niña habían regresado a la aldea natal llevándola con ellos. Al poco tiempo se enteró del matrimonio de Sarika y su corazón se llenó de dolor. Sabía que no podía hacer nada. Jamás escucharía de nuevo su inocente risa y ver su encantador rostro.

Estaba seguro que la joven tuvo que aceptar la unión en contra de sus deseos, pero matrimonio es matrimonio y no puede deshacerse. Aceptaría su destino, pero jamás olvidaría a su hermosa novia. En el día trabajaba y por la noche estudiaba. Lloraba maldiciéndose porque no podía hacer nada por ella.

Bimla y Roshan partieron hacia Mumbai con Sarika y sus pequeñas hijas. La joven pensaba si encontraría en Mumbai a su amado José. Incluso, si viviera en la misma casa no podría buscarlo o a lo mejor ya estaría casado, aunque no tenía la edad para contraer matrimonio, en la sociedad se preocupaban mucho por casar a los jóvenes. Sumergida en estos pensamientos pasaron las 8 horas de viaje.

Al siguiente día, los vecinos y parientes ofrecieron sus

"Prisioneras de tradición, la historia real"

condolencias a Sarika. Entre ellos se encontraba su compañero de escuela, el que le había contado a José sobre su matrimonio.

Y ahora, le comentaba al amado de Sarika sobre la muerte del esposo y el futuro matrimonio con su cuñado, además informó sobre las hijas de la joven que permanecerían con sus abuelos maternos.

La noticia emocionó a Joseph. Quería buscarla pero eso no era posible. Le escribió una carta rogándole a su amigo fuera entregada a Sarika a través de su hermana. En ese mensaje le abrió su corazón lamentando no poder hacer nada por ella. Al final, le suplicó le diera a sus hijas las cuales cuidaría con amor porque eran parte de ella.

Sarika le respondió contándole lo sucedido con ella y sobre las intenciones de su malvado cuñado que deseaba devorarla como un lobo hambriento. Le pidió ayuda porque no tenía a nadie para salvarla.

El joven sabía lo difícil que sería ayudar a su novia. La sociedad estaría tras ellos y podrían asesinarlos, pero no perdió tiempo en atender el llamado de su corazón. El único camino era casarse de inmediato para obtener la protección mínima legal. Escribió a Sarika rogándole que estuviera lista con sus hijas porque a las dos de la mañana la esperaría en un taxi cerca de la casa de ella y se irían a un lugar desconocido.

Se dirigieron a Thane donde José hizo arreglos para su estancia y contraer matrimonio en dicho sitio, lo cual hicieron prontamente y se fueron a vivir a un apartamento arrendado a su amigo de confianza, quien lo dispuso todo para que ellos no tuvieran que salir de la vivienda al menos en un mes.

"Prisioneras de tradición, la historia real"

Al siguiente día Bimla y Roshan se enteraron de la desaparición de su hija. Al instante pensaron en que era obra de José y fueron a la casa de éste pero sus padres les dijeron que no sabían dónde hallarlo, lo cual enfureció al Roshan y se formó un duelo entre las dos familias cada una acusaba a la otra, pero al fin el padre de Sarika se fue maldiciendo y diciendo palabrotas sucias.

Su primera reflexión fue demandar a José por el secuestro de Sarika y las niñas, luego pensó que lo correcto era hablar primero con el padre de Mansukh quien estaba iracundo con la noticia de la fuga de la muchacha con su pretendiente y culpó a Roshan con palabras severas diciéndole que él era cómplice de su propia hija y cuando éste mencionó el tema de denunciar a los fugitivos ante la policía, su interlocutor se puso furioso diciéndole que no tenía sentido hacerlo porque ellos eran personas honorables e informar a la policía era perder la reputación y obtener mala fama para su familia, sería él quien tomaría cartas en el asunto. Le darás a mi hijo Dhansukh una fotografía de ese bastardo de José quien la llevará a todos sus amigos".

Comentó lo sucedido con su familia y dio orden a Dhansukh de llevarle a José y Sarika al costo que fuera. Este hombre malvado reunió a sus amigos viciosos y matones y todos ellos se dirigieron a la ciudad de Mumbai.

Tan pronto como llegaron se dirigieron a la casa de Sarika y su padre les entregó la fotografía de José. Preguntaban a las personas cercanas pero nadie los había visto. Uno de los vecinos comentó sobre el taxi que esperaba y habían tomado la dirección de Thane.

"Prisioneras de tradición, la historia real"

José sabía que alguien podría verlos al bajarse del taxi pero no tendrían que salir del apartamento, al menos en un mes, pero el destino les jugó una mala pasada porque una de las niñas se enfermó y la llevaron al médico y fue en este momento en el cual Dhansukh llegaba allí con sus amigos, los atraparon llevándolos directamente a su aldea.

Al llegar, José fue golpeado sin piedad y las súplicas de Sarika fueron en vano. Dhansukh le decía palabras sucias como ramera y la abofeteaba tan fuerte que la boca de la joven sangraba copiosamente. Después los ataron encerrándolos en habitaciones diferentes.

Manohar, el jefe de la aldea, llamó a un panchayat (grupo de ancianos, que deciden y resuelven los conflictos entre los residentes) y los reunió en su casa. Cuando llegaron, les contó que su nuera había abusado de la libertad concedida haciendo estragos al honor de su familia tan respetada. El había sido amable con ella y estaba dispuesto a casarla con su hijo soltero dándole alimento, refugio, protección y respeto, pero ella rechazó todo prefiriendo a su antiguo novio que ni siquiera era de su religión.

José y Sarika se presentaron ante el panchayat. Según los ancianos, Sarika había cometido un crimen atroz y la llamaron para que explicara sus actuaciones. Ella les dijo sobre las malas actividades de Dhansukh y que no podía contraer matrimonio con un canalla. También les recordó cómo había servido a su marido paralítico ayudándole a mejorar su salud. Ella no era propiedad de ningún ser humano y podría casarse con quien quisiera porque era viuda.

También comentó sobre su matrimonio con José el cual estaba registrado y no era discutible.

"Prisioneras de tradición, la historia real"

Pero todo esto no significaba nada para el grupo misógino recalcitrante llamado panchayat. Dieron su veredicto: -"No reconocemos su matrimonio con el cristiano. Es ilegal. Podemos perdonar sus pecados si lo escupe en la cara y se casa con Dhansukh. Si no lo hace, usted recibirá el castigo de su acto y será tal que usted no podrá soportar. Viva una vida decente con Dhansukh o sufrirá desgracia y miseria - la elección es suya".

Sarika sabía que eran personas muy crueles y ella estaba totalmente impotente. Pero prefirió morir antes que obedecer un mandato tan desagradable. Ella les suplicó misericordia, pero los hombres impíos disfrazados de salvadores de la decencia no se conmovieron y la condenaron: -"Los tres hijos de Manohar violarán a esta mujer pecadora en presencia de su amante para que el sea reacio a morder la Juthan (restos de comida) de otros. Después de eso, ella tendrá otro lugar a donde ir, pero para casarse con Dhansukh ".

Sarika, quedó estática. No podía llorar. José gemía y gritaba pero fue silenciado por los duros golpes en su rostro. Lo que pasó después de eso es difícil describir. Ramsukh, Shivsukh y Dhansukh violaron a Sarika varias veces hasta quedar inconsciente. Ella y José fueron arrojados de la aldea y amenazados con graves consecuencias si denunciaban el hecho a la policía.

Cuando Sarika recuperó la conciencia, lloró amargamente. Decidió poner fin a su vida y le pidió perdón de José por causarle tanto sufrimiento. Pero el chico hizo todo lo posible para consolarla. Sus manos estaban atadas, ni siquiera podía abrazar a su amada. Dijo que ella era su esposa y todo lo que le había sucedido no cambiaría ese hecho. También dijo que

"Prisioneras de tradición, la historia real"

no iban a tolerar la injusticia e informarían a la policía.

Un transeúnte les desató las manos y les mostró el camino hacia la estación de policía. Allí escucharon su relato pero cuando se enteraron quienes eran los agresores el agente se convirtió en un hombre frío diciéndoles que seguramente estaban haciendo una falsa demanda para chantajear a los ricos propietarios y se negó a registrar la queja.

Los dos se quedaron atónitos. ¡Qué patético estado de cosas! ¡Protectores de revestimiento de la ley con infractores de la ley! Por suerte, el dinero en el bolsillo de José fue dejado intacto. Abatidos regresaron a su casa en Thane. Joseph estaba ardiendo de indignación. Discutió con sus amigos. Uno de ellos tenía vínculos con un periodista. Él habló con el reportero y la historia de Sarika fue presentada en la televisión nacional.

Ahora la ley entró en acción. La gente de la comisaría de Thane llegaron hasta Sarika y tomaron su denuncia. El caso fue registrado y enviado a la estación de policía en la aldea de Manohar. José y Sarika estaban contentos porque al fin se haría justicia.

Estaban equivocados. En la India, la policía es corrupta e ineficiente. Hacen algo sólo cuando un caso es tomado por los medios de comunicación. La presentación de informes a través de los periodistas sólo dispone a la policía para actuar. Pero tristemente se necesitan años para que se haga justicia en los tribunales Mientras tanto, los testigos son comprados o amenazados y finalmente, la víctima es el perdedor y el culpable sonríe.

Lo mismo ocurrió en el caso de Sarika. Manohar y sus hijos fueron detenidos, pero cuando los medios de comunicación

"Prisioneras de tradición, la historia real"

se alejaron, consiguieron su libertad bajo fianza. Después de dos años, el tribunal pronunció el veredicto de no culpable diciendo que las pruebas contra los acusados no eran suficientes.

José y Sarika vivieron felices pero el recuerdo de aquella tarde fatídica, cuando fue abusada y humillada a plena luz del día frente a una multitud de personas, siempre los perseguía.

CAPÍTULO SEXTO

Inicialmente la joven pareja deseaba regresar de incógnito a su país y establecerse en una zona de clase media para no llamar la atención. Después decidieron volver a la India como los grandes personajes que eran, además, por más que cambiaran su físico siempre habría alguna persona que los reconociera.

Vivirían en Malabar Hill independientes de sus respectivas familias. No los envolverían en los problemas que tendrían desde el momento en que pisaran tierra hindú. Como grandes personajes las autoridades los respetarían pero como individuos de clase media las dificultades para realizar su misión con éxito serían demasiadas.

Pallavi les consiguió una residencia en Malabar Hill digna de alojar a un rey porque la propiedad era inmensa. Decidieron que mientras Juhi comenzaba su labor de abogada, Alok cautivaría a los hindúes con su voz y su guitarra haciendo presentaciones gratuitas. De esta forma sus paisanos estarían entretenidos sin prestar atención a la misión de Juhi, Pallavi y todas las seguidoras que ya tenían.

"Prisioneras de tradición, la historia real"

Las dos familias los esperaban en el aeropuerto de Mumbai. Los felicitaban porque gracias a su amor y tenacidad desde la niñez, lograron, hasta ese momento, parte de sus aspiraciones. La menor de las hijas de Sudama estaba feliz con el regreso de su hermana y su novio.

Sabían que Alok y Juhi vivirían juntos por eso nadie se extrañó cuando así lo manifestaron. Eran mayores de edad, famosos y conocían el objetivo de su regreso a la India.

Después de instalarse en su nueva residencia, se dedicaron a recorrer la ciudad por ocho días. En los restaurantes las personas los miraban y los aplaudían, porque fuera de reconocerlos y pedirles autógrafos, los veían saborear con placer y alegría los deliciosos alimentos de su tierra. Conformaban una hermosa y joven pareja. Era imposible pasar cerca de ellos y no mirarlos. Solicitaron a Alok que cantara. Él, parándose en el centro del salón donde se hallaban los músicos, comenzó a interpretar una canción en honor a las mujeres:

No sé quien las inventó...
No sé quien nos hizo ese favor...
Tuvo que ser Dios
Que vio al hombre tan solo,
Y sin dudarlo
pensó en dos... en dos.

Dicen que fue una costilla,
Hubiese dado mi columna vertebral...
Por verlas andar
Después de hacer el amor
Hasta el tocador
Y sin voltear... sin voltear...

"Prisioneras de tradición, la historia real"

Sin voltear.

Y si habitaran la luna
Habrían mas astronautas que
Arenas en el mar.
Mas viajes al espacio que historias
En un bar... en un bar.

Por qué negar
Que son lo mejor que se puso
En este lugar.
Mujeres
Lo que nos pidan podemos,
Si no podemos no existe,
Y si no existe lo inventamos
Por ustedes
Mujeres.

Que hubiera escrito Neruda,
Que habría pintado Picasso
Si no existieran musas como ustedes,
Nosotros con el machismo
Ustedes al feminismo... y al final
La historia termina en par
Pues de pareja vinimos y en pareja
Hay que terminar
Terminar... terminar.

(Apartes de la canción Mujeres, Ricardo Arjona)

Sus paisanos lo aplaudían pidiéndole que cantara con Juhi y juntos comenzaron a interpretar:
Nuestro amor
es una bendición de Dios
y no puede existir

"Prisioneras de tradición, la historia real"

        pareja tan feliz
        como nosotros dos.

Tu y yo hicimos de la noche azul
        una linda canción
        un poema de amor
        para soñar los dos.

        En nuestro gran amor
        no hay pena ni dolor
        que puedan separarnos,
        si la felicidad,
        es fácil de alcanzar
        queriéndonos así.

Tu y yo vivimos en un corazón
        porque el cielo escuchó
        la súplica de amor
        que imploramos los dos.

        En nuestro gran amor
        no hay pena ni rencor
        que puedan separarnos
        si la felicidad
        es fácil alcanzar
        queriéndonos así

Tu y yo vivimos en un corazón
        porque el cielo escuchó
        la súplica de amor
        que imploramos los dos.

        Así.... es el amor del alma
        Así.... nos queremos tu y yo.

"Prisioneras de tradición, la historia real"

(Canción titulada Nuestro amor. Interpretaciones famosas Julio Jaramillo, Trío Los Panchos y otros)

Los medios de comunicación hablaban sobre el regreso de Alok, el cantante famoso y su hermosa novia de profesión abogada. Los jóvenes enamorados reían felices por el éxito que comenzaban a tener en la India.

Pero en Malabar Hill vivían tres personas a quienes no les agradó la noticia sobre Juhi y Alok. Ghanshyam, Parvati y Lakshya estaban furiosos al saber que la hija de Sudama era abogada. Seguramente trataría de liberar a su hermana Kusum y a Hiresh, pero no lo lograría. No permitiría visitas a los prisioneros. El congresista y su familia no tenían amigos pero sí muchísimos enemigos. Las autoridades de Mumbai ya no le temían a sus amenazas, por tal motivo, compraba la fidelidad de los vigilantes de las prisiones entregándoles grandes sumas de dinero.

Kusum estaba acusada de ayudar en el asesinato de su propia hija e Hiresh por el secuestro y muerte de Adya. Sudama nunca habló sobre su rescate. Sería ella, Juhi, quien los liberara y acabara con el congresista y su familia.

Juhi se hallaba en su lujosa oficina lista para iniciar su misión en la India. Primero liberaría a su hermana y a Hiresh, después, la lucha por la libertad de sus paisanas sería a muerte si fuere necesario. Pallavi, su hermana menor, obtendría su doctorado en leyes en dos años y trabajaba como Secretaria de Juhi. Reunieron a las amigas de la universidad, entre ellas Kajal, Sarika, Neha, Bhawna, Surabhi que ya se habían unido a su causa.

Cada una tenía una misión especial. Hacían volantes. Contactaban miles de mujeres explicándoles el por qué

"Prisioneras de tradición, la historia real"

debían dejar el miedo y rebelarse contra el sistema. Así mismo hablaban con los padres de familia incitándolos a no pagar la dote por el matrimonio de sus hijas. Muchos hombres se enojaban porque no deseaban hijas solteras para siempre.

La oficina de Juhi se había convertido en un gran bufete de abogados. Mientras se encargaba de la defensa de Hiresh y su hermana, Pallavi, que diariamente leía los periódicos, visitaba a las víctimas de violaciones, mujeres maltratadas por culpa de la dote, o castas. Luchaban tenazmente hasta encontrar a los culpables acusándolos ante la ley que los encerraba en prisiones.

Juhi era reconocida como la abogada fuerte y dura para tratar a los malvados. Día tras día salía en la prensa. La joven se hizo famosa no sola en la India sino también en otras partes del mundo, porque fuera de ser la novia de Alok, el hindú bonito, por quien suspiraban muchas mujeres, la muchacha se ganó el apodo de: LA MUJER DE VOLUNTAD INQUEBRANTABLE otras veces le decían LA DAMA DE HIERRO DE LA INDIA.

Juhi tenían innumerables enemigos masculinos que deseaban hacerla desaparecer para siempre pero no se atrevían a tocarle ni uno solo de sus cabellos.

Alok deseaba que Juhi, Pallavi y sus amigas realizaran su misión exitosamente. Para desviar la atención de sus paisanos, hacía presentaciones gratuitas en estadios, parques, hospitales, cárceles, escuelas, colegios, universidades, hospicios, etc., y siempre interpretaba hermosas canciones hablando sobre el valor de las mujeres en la vida de una nación. Las autoridades no entendían el objetivo de la canción. Esta canción se la dedicó a las niñas

"Prisioneras de tradición, la historia real"

vendidas como prostitutas.

LA NOVIA DE NADIE DE CHRISTIAN MEIER

Ella vuelve a despertar casi cuando el sol se va
Y sabe lo que siente, aromas de otra gente.
Con lo que lleva se va
Un par de trapos nada más,
Sabe que es suficiente, no será permanente.

En algún taxi se va
Donde la espera quizás alguien más,
Alguien que hoy no sólo va a soñar...
Que no sabe, no lo sabe
Que allá va la novia de nadie.
Ya su luz se va a encender
Terciopelo en la piel,
Acaricia sus piernas, sabe que es una reina,
No se para a recoger
Hará más en el hotel
Antes de que amanezca, saldrá por esa puerta.

Copas que vienen y van
Besos que saben a sal,
Ojos que no la verán jamás,
Que termine la noche,
Si despierta, mejor,
De qué sirve soñar si no acaba el dolor,

Que no sabe, no lo sabe
Que allá va la novia de nadie.

Esta canción la dedicó a las mujeres hindúes que no tienen derecho de elegir el amor verdadero.

"Prisioneras de tradición, la historia real"

EL CLUB DE LAS MUJERES MUERTAS

Víctor Manuel

A las que se rebelan, no se callan,
las humildes y las mansas;
las que imaginan cosas imposibles,
el derecho a ser felices;
a las que viven solas, pisoteadas,
las que ya no esperan nada;
a las desamparadas, olvidadas,
las que caen y se levantan...

Cuántas vidas humilladas,
cuántas lágrimas calladas,
lo más triste es la tristeza,
en el club de las mujeres muertas.

A veces porque miran, porque callan,
porque piensan se delatan;
a veces porque cuentan, porque lloran
o porque no entienden nada;
hay quien perdona todo a quien las mata,
por un beso, una mirada;
Hay quien lo espera todo de quien ama
Y no pierde la esperanza...

Cuántas vidas humilladas,
cuántas lágrimas calladas,
lo más triste es la tristeza,
en el club de las mujeres muertas.

Quemadas, arrastradas por los pelos,
Torturadas, devastadas,
Violadas legalmente, apuñaladas,

"Prisioneras de tradición, la historia real"

Algún juez las mira y pasa.
Dicen que tienen celos y se nublan,
Que no saben lo que hicieron
Y cuando beben dicen no ser ellos,
"Yo soy yo más este infierno".

Cuántas vidas humilladas,
cuántas lágrimas calladas,
lo más triste es la tristeza,
en el club de las mujeres muertas.

ASI MISMO INTERPRETABA APARTES DE LA CANCIÒN MUJER DE ORISHAS

Mujer te canto este himno
Traigo la pura verdad
Incierto y crudo destino
Mi canto contigo está. (BIS)

En penumbra vive ese preciado ser
Por no poder decir
Soltar su voz al viento
Tratar de resistir
Sin perder el aliento
Sin parar ni un momento
Siglos trabajando, dando amor
A veces no reír, sin lugar en el tiempo
¿Dónde queremos ir?
los machos del universo
Escribamos ya otro verso, eh.

Mujer te canto este himno
Traigo la pura verdad
Incierto y crudo destino

"Prisioneras de tradición, la historia real"

Mi canto contigo está. (Bis).

Échate tu para acá
Soy como un tren volado
A cada lado
Como un toro sofocado

Yo, al darme cuenta y ver
Donde han dejado tus derechos,
Directo al hecho Abusos sexuales.
Explotación de edades
Corrupciones sociales criminales

Como Mariana Grajales
Está fundida aquí la historia
Pero una victoria no se ha logrado.

Hay que seguir con fuerza y que todas
Luchen por lo amado,
Reivindicando a la mujer progreso,
Aunque sé que
Que, para lograrlo hay un gran trecho
` Te digo de hecho.
Cuando lágrimas tú llorabas,
Mamá calmaba pecho.

Mujer te canto este himno
Traigo la pura verdad
Incierto y crudo destino
Mi canto contigo está (Bis).

Ghanshyam y su familia invitaron a Alok a su residencia agasajándolo con una espléndida cena. Como siempre en la vida del congresista los periodistas estuvieron presentes. Le

"Prisioneras de tradición, la historia real"

preguntaron por Puja y Sudama y él les contó que como cantante el dinero le sobraba y había comprado un apartamento para ellos en Malabar Hill donde vivían desde hacía varios años. Parvati se mordía los labios por la ira al saber que los tenían cerca y no le podían robar su dinero. Alok les interrogó por sus hijos y le comentaron que Hiresh había muerto en prisión. El joven sabía que era mentira y se contuvo para no matar al congresista con sus propias manos.

Juhi no se asombró cuando le prohibieron la entrada a la cárcel de mujeres para visitar a su hermana a quien representaría como su abogada. El congresista iba contra Juhi pero no de Pallavi a quien apenas recordaba y fue ésta la encargada de hacer el contacto con Kusum.

Cuando Pallavi vio a su hermana se puso a llorar porque hacía más de un año que no la veía. Al observarla arrastrando pesadas cadenas en brazos y piernas sentía que la sangre le hervía por la ira. Estaba envejecida, sin brillo en los ojos. Su hermoso cabello había desaparecido porque el congresista dio la orden de raparla cada tres meses como castigo por adulterio, pero cuando estaban a solas le decía: - Por no llevar la dote completa al matrimonio.

Kusum contaba a su hermana sus tristezas. Su sufrimiento en el matrimonio y ahora en prisión por culpa de la ambición de tres personas que no la dejaban en paz. No sabía si Hiresh estaba vivo o muerto. Pallavi le dio la buena noticia sobre el regreso de Juhi y la investigación que hacían para defenderlos. Como a Juhi no le permitían visitarla, ella se encargaría de informarle cómo iba la búsqueda de la verdad contra el congresista. Antes de marcharse hizo que Kusum le firmara el documento nombrando a Juhi como su abogada. Prometió regresar tres días más tarde con noticias sobre Hiresh.

"Prisioneras de tradición, la historia real"

Juhi lloraba al escuchar el relato y la furia que sentía la hacía golpear el escritorio prometiéndose que el congresista y su familia caerían pronto.

En la prisión Arthur Road de varones se hallaba Hiresh incomunicado desde hacía muchísimo tiempo. Había perdido la noción de éste. Pallavi sobornó a los vigilantes pidiéndoles que la llevaran a la celda del joven. Al principio se negaban por miedo al congresista pero ella tomó en sus manos otro fajo de billetes que hicieron brillar los ojos de los guardianes y después de recibirlo la llevaron a un sitio donde ningún ser humano o animal hubiera sobrevivido.
Pallavi no pudo contener su llanto al entrar a una oscura celda, donde se vía un hombre sentado en el piso atado de pies y manos a un tubo oxidado. No se observaban letrinas, ni comida, ni ropa, ni un simple lavamanos donde el pobre preso tomara un poco de agua. El congresista mataba lentamente a su propio hijo para que no hablara en su contra.

Pallavi se acercó diciéndole al oído quien era y el trabajo que hacían para liberarlo. Hiresh trató de sonreír y con lágrimas en sus ojos comenzó a susurrar: -Mu, Mu, Mu, Mu, Mu… pero la joven no entendió su significado y besándole el rostro salió del lugar. Preguntó a los vigilantes por qué no daban comida al prisionero que no tenía fuerzas para hablar. Tomó otro fajo de billetes dándoselo a los guardianes para que le contaran la historia de Hiresh en la cárcel.

Lloraba al escuchar que cuando llegó a la cárcel lo ataron e incomunicaron de inmediato. Las necesidades fisiológicas las hacía en la ropa y cada ocho días le echaban agua encima para que no muriera tan pronto puesto que el congresista así lo había ordenado. Por comida le daban un poco arroz cada día. El congresista Ghanshyam había ordenado cortarle la

"Prisioneras de tradición, la historia real"

lengua a su propio hijo para que no hablara. Muchas veces quisieron liberarlo pero el papá del prisionero los tenía amenazados de muerte. Pallavi grabó estos dolorosos testimonios para hundir a Ghanshyam. El pueblo Hindú estaría aterrorizado de este hombre que fue capaz de causar tanto sufrimiento a su propio hijo.

Pallavi aún lloraba cuando llegó a la oficina. Juhi esperó a que su hermana se calmara y cuando supo la verdad sobre Hiresh maldijo una vez más al congresista.
Juhi y Alok estaban invitados a cenar en casa de Sudama a quienes contaron la triste historia de Kusum e Hiresh, pero ninguno de ellos adivinaba que querían decir las sílabas: -Mu, Mu, Mu, Mu, Mu......

De nuevo en la cárcel Byculla de mujeres Pallavi comentaba a Kusum la suerte de su amigo Hiresh. Las hermanas lloraban por el sufrimiento del joven pero no descifraban la sílaba Mu, Mu, Mu. Cuando la joven estudiante de derecho se alejaba escuchó la voz de Kusum que gritaba: -MUKUL. -Ese es el nombre del amigo de Hiresh que nos ayudó en Delhi. Rajender, el papá de Priya, la esclava sexual del congresista comentó que sabía dónde encontrarlo.

Juhi, Alok y Rajender viajaron a la ciudad de Delhi dirigiéndose a casa de Mukul. Como no les abrieron fueron a la empresa de cables eléctricos. Allí lo encontraron laborando en completa soledad. Aunque Sneha le pidió perdón hablándole del cofre escondido en la cocina no olvidó la traición a sus amigos. Buscó la cajita pero no miró su contenido.

Juhi grababa lo que Mukul le contaba. Cuando tuvo el cofre en sus manos, lloraba pero de alegría porque allí estaban las pruebas para hundir al congresista y su malvada familia.

"Prisioneras de tradición, la historia real"

Al despedirse de Mukul, éste prometió visitarlos pronto porque deseaba ver el fin del congresista y su familia. Pero el más feliz de todos era Rajender. Al fin su hija Priya sería libre. Aunque era muy difícil casarla por su edad, Mukul prometió llevarla al altar y éste agradecido lo abrazada una y otra vez.
Temprano en la mañana, Juhi, Pallavi y Alok se hallaban ante la puerta del juzgado esperando a que éste abriera para poner una demanda contra el congresista y su familia.

El juez la miraba incrédulo preguntándole una y otra vez si en verdad deseaba enfrentarse al hombre más temido en Mumbai. Ella decía que sí porque la vida de Hiresh y Kusum estaba en juego.

El congresista, su familia y sus abogados estaban tranquilos y se reían de Juhi porque jamás ganaría la libertad de los prisioneros. No tenían pruebas contra ellos, además la hija de Kusum se hallaba lejos. La habían regalado saliendo de la ciudad de Delhi.

El juicio contra el congresista y su familia se convirtió en un espectáculo público porque mucha gente quería ver su caída.

Cuando comenzó el juicio, Ghanshyam, su abogado y su familia estaban sonrientes porque pensaban que iban a ganar. Era mucho el dinero repartido comprando falsos testigos. La gente miraba a Juhi con tristeza sabiendo que el abogado del congresista la haría añicos.

Comenzó las acusaciones por maltrato físico a su hermana Kusum, a Hiresh, su propio hijo y por haber regalado a su propia nieta. El abogado del Congresista la desmentía diciendo que Hiresh había muerto en prisión y que nadie

"Prisioneras de tradición, la historia real"

sabía el paradero de la niña.

Cuando hicieron pasar a los prisiones el congresista quedó estático. No sabía qué hacer. Juhi, que siempre llevaba su grabadora le puso todo el volumen para que el fiscal y los presentes escucharan la terrible verdad sobre esta familia malvada que debía pagar con su vida tanto maltrato, no solo a su hijo, su nuera y su nieta, sino también a la mayoría de las personas importantes y no importantes de Mumbai. La ira de los presentes se encendió cuando supieron que el congresista hizo cortar la lengua de Hiresh para que no hablara. El maltrato, que aún en la cárcel daba a Kusum por no llevar la dote completa al matrimonio. Al presentar a Adya, Juhi contó cómo la habían recuperado y viviendo con ellos la escondieron para que su abuelo paterno no le hiciera más daño.

Muchas de las personas a quienes habían estafado, animados por Juhi, se presentaron a declarar en contra de Ghanshyam, Parvati y Lakshya.

Entre los acusadores se encontraban Priya y Rajender. La joven contó como la esclavizaron sexualmente por años el congresista y su hijo Lakshya.

Los campesinos que habían recibido a Adya, la hija de Kusum, también declararon contra el congresista, su esposa y su hijo Lakshya.

Los presentes deseaban lincharlos pero las autoridades no lo permitieron. El juez no tuvo otra opción que enviarlos a la cárcel a pagar cadena perpetua. Hiresh y Kusum quedaron en libertad y fueron conducidos a la clínica porque su estado físico estaba en pésimas condiciones.
Juhi salía en los medios de comunicación como la única

"Prisioneras de tradición, la historia real"

persona en la India que terminó con el reinado del congresista y su malvada familia. La joven se volvió mucho más famosa de lo que era y hablaba con tal seguridad de sí misma que la gente se le acercaba para confiarle sus secretos.

Alok se comunicó con Robert y Susan en los Estados Unidos pidiéndoles que encontraran en cualquier país del mundo una clínica u hospital donde le hicieran a Hiresh un trasplante de lengua para devolverle la salud. Éste, con lágrimas en sus ojos abrazaba al joven cantante.

Hiresh fue recibido en el Hospital General de Viena en espera de un donante el cual no se hizo esperar. Tres meses más tarde ya tenían el órgano para realizar la cirugía. La recuperación sería larga pues sus cuerdas bucales estaban atrofiadas porque llevaba muchísimo tiempo sin utilizarlas.

Kusum se unió a la causa de sus hermanas y de Alok que tenía miles y miles de seguidores.

Hacían manifestaciones públicas y por más que la policía trataba de disuadirlas no lo lograba.

Las jóvenes hindúes, no solo de Mumbai, sino de todas las ciudades se negaban a contraer matrimonio para no pagar la dote y los padres de familia se sentían desesperados porque tendrían que mantener a sus hijas de por vida.
Juhi hablaba en los parques contando la maravillosa libertad de las mujeres en América. Se casaban por amor verdadero. Impulsaba a sus paisanas a no aceptar matrimonios por imposición. Siempre gritaban llevando pancartas en sus manos: -No más matrimonios por dote. -No más discriminación de castas. -No más quema novias. -No más abortos. –No más prostitución. –No más violaciones.

"Prisioneras de tradición, la historia real"

Las autoridades prohibían a Juhi hablar en público pero como no hacía caso la metían a la cárcel por revoltosa pero Alok siempre pagaba la fianza y la joven continuaba con su labor de concientizar a las mujeres de la India de que ellas valían tanto como los hombres. También eran seres humanos.

Los jóvenes que deseaban tener una esposa, no cobraban la dote y se comprometían a tratar muy bien a la joven que contrajera matrimonio porque estaban amenazados con divorciarse a la primera agresión contra la nueva esposa.

Durante más de un año Juhi y sus miles de simpatizantes trabajaron incansablemente a favor de sus paisanas. Tenían un listado de las muchachas en edad de casarse y visitaban a sus papás para que no pagaran la dote. Estos respondían que no deseaban mujeres solteras en su hogar, tendrían que mantener de por vida. Juhi pedía que permitieran a sus hijas elegir el hombre que sería su esposo.

Además las mujeres hindúes deseaban tener su propio hogar y se negaban a vivir con sus padres políticos.
Poco a poco los papás que tenían hijos varones se acostumbraron a que las mujeres mandaran en su propia vida y aceptaban que sus hijos se casaran por amor.

Era una nueva vida para las mujeres hindúes que estaban felices y agradecidas con Juhi y sus colaboradoras.

Khrisna, la hermana de Shivani contó a Juhi el delito de sus padres vendiendo la niña a Savir y este malvado hombre después de violarla y golpearla fuertemente la había asesinado.

"Prisioneras de tradición, la historia real"

En el juicio contra sus padres y Savir, Khrisna fue la testigo principal al contar que había escuchado a sus progenitores y al hombre malo tramando la venta, violación y asesinato de la niña. Los tres fueron conducidos a prisión.

Juhi llevó a Khrisna con ella dándole trabajo en su hogar.

Después de todo este tiempo trabajando por el bien de las mujeres hindúes, Alok, Juhi, Pallavi, Kusum, Sudama y Puja eran felices por lograr su objetivo de que en la India se olvidara el matrimonio por casta y por dote.

La cirugía de Hiresh tuvo gran éxito y después de una dura recuperación estaba listo para regresar a la India. Lo haría acompañado por Robert, Susan y el perrito Soly a quien no dejarían nunca.
Los medios de comunicación de la India acosaban a Hiresh para que contara el terror vivido por culpa de sus padres. El joven decidió hacer una rueda de prensa allí, en el aeropuerto.

El único integrante bueno de la familia del congresista hablaba mucho sobre la crueldad de su padre y decía que él, su madre y su hermano merecían morir en la cárcel por su maldad.

Los hindúes lloraban escuchando la triste realidad de Hiresh y Kusum, simplemente porque la joven no llevó la dote completa al matrimonio.

Después de la confesión de Hiresh el gobierno promulgó una ley prohibiendo los matrimonios por dote y aquellas que lo hicieran serían condenadas a prisión. Así mismo se prohibió matar a las niñas cuando estaban en el seno de su madre. A los violadores de niños, niñas y jóvenes les condenarían con la pena de cadena perpetua. También se prohibió a los padres vender a sus hijas para el negocio de la prostitución.

Así mismo se promulgó una ley diciendo que las mujeres que abusaran de sus esposos lo pagarían con la cárcel.

Juhi obtuvo el divorcio de su hermana Kusum para que pudiera casarse con Hiresh.

Cuando el congresista y su hijo Lakshya llegaron a la prisión de varones de Mumbai sentían ganas de llorar al verse privados de su libertad. Ya no era el digno congresista de y su hijo Lakshya. No tenían dinero porque el gobierno les quitó hasta la última rupia. Los prisioneros se burlaban de ellos haciéndoles irónicas venias como si fueran grandes personajes. Acurrucados en un rincón miraban asustados a los prisioneros que se reían de ellos. En las horas de la noche su miedo creció porque ambos fueron violados por sus compañeros de celda.

Pero a Parvati no le iba mejor. Tan pronto quedó entre las prisioneras, fuera de reírse de ella porque ya no era la gran dama, entre todas las internas le cortaron el cabello y le quitaron las pocas pertenencias que llevaba. Sola en un rincón lloraba recordando todo el sufrimiento de su hijo Hiresh y Kusum.

Sudama y Puja estaban radiantes de felicidad porque Priya y sus tres hijas se casarían el mismo día. Lo harían por amor hacia el hombre elegido por ellas. Fue así como cuatro meses más tarde se celebró el matrimonio de Priya y Mukul, Hiresh y Kusum, Juhi y Alok, Pallavi y Kunal Rathi.

La fiesta se celebró en el mismo parque donde una vez se

"Prisioneras de tradición, la historia real"

casara Kusum. Alok contrato una empresa de banquetes que hiciera una gran fiesta para toda la gente que deseara asistir sin necesidad de invitación. Había más de 10.000 personas presenciando la unión de estas tres hermanas y su amiga Priya que tanto habían sufrido.

En medio de la fiesta, Sudama quería tomar el micrófono para agradecer la asistencia de tantas personas, pero Alok y Juhi cantaban emocionados:
SE QUE TE AMARÉ SIEMPRE
YO SE QUE TE AMARÉ SIEMPRE
HASTA EL FIN DEL FIN.

TE PROMETO QUE SIEMPRE
TE DARÉ ESTE MISMO SÍ
TE ENTREGARÉ LO MEJOR DE MI
LUCHARÉ SIN CESAR POR TI

ESTARÉ JUNTO A TI
PARA DARTE TERNURA, REFUGIO Y VALOR
PARA QUE NADA TE HAGA SUFRIR
ME TENDRÁS JUNTO A TI

YO ERA UN BARCO SIN DIRECCIÓN
UN LIBRO SIN AUTOR
HASTA QUE TE ENCONTRÉ
OJOS CALIDOS DE MIEL
Y MI VIDA POR TI CAMBIÓ

VEN A MI
VOY A TI
EN CUALQUIER SITUACION
SI ME NECESITARAS
ME TENDRÁS POR AMOR

"Prisioneras de tradición, la historia real"

SE QUE TE AMARÉ SIEMPRE
YO SE QUE TE AMARÉ SIEMPRE
HASTA EL FIN DEL FIN
ESTARÉ JUNTO A TI

SE QUE TE AMARÉ SIEMPRE
YO SE QUE TE AMARÉ
HASTA EL FIN DEL FIN

TE PROMETO QUE SIEMPRE
QUE YO TE AMARE SIEMPRE
HASTA EL FIN DEL FIN
(Interpretación famosa Demis Roussos)

Después de terminada la canción, Sudama, en nombre de él y su esposa Puja pidió a Priya, a sus hijas y a Hiresh que le perdonaran al congresista, Lakshya y Parvati y los sacaran de las cárcel. Ya habían sido castigados al quedar sin dinero, sin propiedades y sin familia. Les solicitó nobleza de corazón para perdonar al enemigo.

Al siguiente día retiraron la demanda contra los malvados y los llevaron a vivir a los tugurios para que sintieran lo mismo que las personas humildes a quienes estafaron. Los dejarían unos meses viviendo como limosneros pero ya habían hablado con sus respectivos padres, que aún ancianos vivían y estaban felices de dar una nueva oportunidad a sus hijos.

El que no tuvo suerte fue Lakshya porque lo mataron en la cárcel. Era demasiado orgulloso y peleaba con los demás internos. Cierto día amaneció muerto y nadie vio nada.

Las cuatro parejas se fueron de luna de miel por América, llegando primero a los Estados Unidos donde Robert y

"Prisioneras de tradición, la historia real"

Susan, ya casados los esperaban ansiosos. Juhi nunca dejaba a su perrito y decidió llevarlo con ellos.

Alok y Juhi regalaron a Hiresh y Kusum un supermercado para que sobrevivieran sin problemas económicos. Así mismo les compraron un apartamento en Malabar Hill porque deseaban que toda la familia viviera cerca de Puja y Sudama y sus padres.

Dos años más tarde Priya y las tres hermanas con sus respectivos esposos regresaron a la India donde se radicaron para siempre. Juhi y Pallavi, como abogadas hacían parte del parlamento, Alok continuó su carrera de cantante famoso y millonario. Viajaba mucho pero día a día llamaba a su esposa que esperaba su primer hijo.

Kusum e Hiresh administraban su negocio y se hacían millonarios rápidamente pero dentro de la más perfecta honestidad.

El esposo de Pallavi era también abogado y miembro del parlamento.

Priya y Mukul regresaron a la ciudad de Delhi y continuaron con su negocio de cables eléctricos pero ya no era un taller sino una gran empresa porque Rajender y Alok eran socios del negocio e invirtieron mucho dinero en él. El papá de Priya estaba feliz porque pronto sería abuelo. No cesaba de darle los agradecimientos a Mukul por casarse con su hija, que pronto sería madre.

El congresista y Parvati pedían perdón en toda la ciudad por el daño causado a tantas personas.

EL PERDÓN TRIUNFÓ SOBRE EL EGOISMO, EL

"Prisioneras de tradición, la historia real"

ODIO, EL RENCOR, LA MENTIRA Y EL ENGAÑO.

ASÍ COMO DIOS NOS ENSEÑÓ EL PERDÓN SUDAMA Y FAMILIA PERDONARON A SUS ENEMIGOS.

CAPÍTULO SÉPTIMO

HISTORIAS TRISTES DE MUJERES HINDÚES

NOTA: La traducción de estos testimonios se hizo con palabras textuales que no se pueden cambiar, por lo tanto, son casi literales.

Mehem Chaubisi Panchayat fichado por acosar a su esposa
Manvir Saini, TNN | 11 Mayo, 2014, 21:31 CET
CHANDIGARH: En lo que parece ser un importante revés a los movimientos reformistas de Khap Panchayat, Tulsi Grewal, el presidente del más popular Panchyat Mehem Chaubisi de Haryana, fue fichado por acoso y asalto a la dote de su esposa. Cabe destacar que el incidente se produjo en el momento en que Khap Panchayats y otros panchayats permitieron los matrimonios inter castas y otras reformas sociales tales como poner freno a la amenaza de la dote, el crimen contra las mujeres y el feticidio femenino.

Grewal fue fichado en las secciones 498A (acoso dote) 323 (asalto) 406 (abuso de confianza) y 506 (intimidación criminal) del Código Penal de la India (IPC) registrado en su contra en la comisaría de la ciudad Chandigarh, en el distrito de Dadri Bhiwani en sábado, dijo la policía.

Ramesh Kumar DSP Dadri comentó que el caso fue registrado debido a los delitos contra la mujer: Células (CAW) de Rohtak y en el distrito Bhiwani por las quejas de la esposa de Tulsi Grewal Poonam Grewal. "Las investigaciones están en curso y Tulsi se unió ellas, dijo Ramesh Kumar DSP.

Poonam, una investigadora escolar en psicología dijo en su denuncia que ellos se casaron en febrero de 2005. Tienen un hijo de ocho años de edad. Tulsi la echó de la casa matrimonial hacía ocho meses y no le permitía ver a su hijo.

Entre las acusaciones a Tulsi, fuera de solicitar la dote tan pronto como se realizó el matrimonio, Poonam enumeró los hechos cuando presuntamente fue sometida a tortura física y mental después del nacimiento de su hijo y las veces en que se quedó en casa de sus padres en Dadri.

"La tortura comenzó poco después de la boda. Cuando nuestra familia llevó la dote a la familia Panchayat en Rothak. Al nacer su hijo, Poonam fue torturada para que llevara a su nueva familia más alhajas de oro. Le pidieron renunciar a su profesión de psiquiatra, así mismo, no se le permitía utilizar teléfonos celulares. Sobrevivió a una sobre dosis de pastillas que le mezclaron en la leche y el incidente más reciente, fue el de un aborto forzado, dijo la policía, al referirse a los contenidos de la FIR.

Unas fuentes informaron que Tulsi se había unido a las investigaciones y los oficiales de policía estaban por decidir el curso de acción.
Fuente:

"Prisioneras de tradición, la historia real"

http://timesofindia.indiatimes.com/city/chandigarh/Mehem-Chaubisi-Panchayat-head-booked-for-harassing-wife/articleshow/34984865.cms

Las mujeres son víctimas por el matrimonio inter castas.
 Khema BASNET
Manju Rasaili de Lamatola VDC-6, Bajhang tenía un matrimonio inter castas con Dhana Prakash Giri en 1997. Según ella, confiaba en la ley pero fue engañada. Desde el día de su boda, la familia de su esposo y los vecinos no les permitieron entrar al pueblo porque ella era de la comunidad dalit. Tenía la esperanza de que su marido la apoyara pero no fue así porque éste se casó con otra mujer de su misma casta y ella estaba desolada. Presentó una denuncia por poligamia, pero no se tomaron medidas. Una madre de dos hijos, que ahora lamenta su matrimonio inter castas.

La discriminación racial y la intocabilidad (Crimen y castigo) Act, 2068 (2011) da una indemnización a las víctimas si existe discriminación basada en religión, tradición, cultura, casta, comunidad o profesión. Pero esta ley no ha proporcionado justicia a las víctimas abandonadas después del matrimonio.

Muna Bhatta (nombre cambiado) de Dhangadhi se casó con un joven dalit de Kailali hacía 10 años. Cuando su marido comenzó a torturarla fue a la India para ganar dinero y sostener a sus tres hijos. Al principio, la boda fue un éxtasis para el esposo y su familia. Poco a poco la acusaban y torturaban por pequeños asuntos. Cansada de tanto tormento, Bhatta fue a la policía porque su esposo y la familia de éste, la torturaban diariamente. Se sintió frustrada porque le dijeron que conciliara ya que era un asunto familiar. Bhatta

"Prisioneras de tradición, la historia real"

dice: "Mis padres no me amparan porque mi matrimonio es inter castas. Mi marido tampoco me apoya. Estoy obligada a ir a la India para ganarme la vida. Los niños sufren porque no tienen a su madre para hacerse cargo de ellos ".

Del mismo modo, Suresh Damai de Baitadi y Bhagarathi Badu fueron desplazados de sus aldeas por tener un matrimonio inter castas y han viviendo en Kailali durante los últimos tres años.

Sher Bahadur Mahara Bhul y Rewati de Kanchanpur fueron expulsados de su aldea. Vivían en una casa arrendada donde recibían constantes amenazas. Solicitaron ayuda a la Red Dalit, Nepal, pero solo recibieron promesas y nada de justicia.

Policía Sub-inspector, Mohan Raj Joshi del Distrito, Kailali dice: "Puesto que la vida de casada es personal, se da más énfasis a la reconciliación. Nosotros castigamos a los culpables por sus malas acciones. La policía nunca deja que los criminales queden impunes".

Las personas que trabajan en el sector de la discriminación de castas y los derechos de las mujeres dicen que la violencia contra las mujeres aumentó porque los culpables quedan sin
castigo.

Según Ganesh BK, Presidente de la Red Nacional de los Dalits, "La sociedad aún no acepta el matrimonio inter castas y muchas parejas se enfrentan a dificultades porque no son conscientes de las disposiciones legales. Por otra parte, muchos culpables se han aprovechado de la escasa aplicación de las leyes. Debe haber un fuerte castigo contra la discriminación de castas y crear un entorno agradable para

"Prisioneras de tradición, la historia real"

que las parejas que optan por dicho matrimonio puedan vivir con dignidad y libertad ".

Ambika Tamrakar, secretario de la Federación de Mujeres Dalit, Kailali dice: "El gobierno no ha sido capaz de poner freno a la violencia contra las parejas que han tenido matrimonio inter castas. Estas parejas acuden a la corte, pero los autores quedan impunes-libres. "

El Presidente del Foro para los Derechos de las Mujeres Dalit, Sabitri Ghimire dice que aquellos que cometen violencia contra parejas por su matrimonio inter-castas consiguen
Protección política. Hay tortura física y mental aún si la familia acepta el matrimonio y la corte reconoce la relación.

No obstante las dificultades que implica, el matrimonio inter castas está en aumento. La Oficina de Administración del Distrito, Kailali registró 149 matrimonios en el año fiscal 2012/2013. Otras 13 parejas solicitaron el registro a finales de 2013.

El gobierno proporciona Rs 1,00,000 como apoyo a las parejas que optan por el matrimonio inter castas y ya 110 tienen el dinero. Según Dattu Ram Pandey, un oficial no identificado de DAO, Kailali, las autoridades no ha hecho las previsiones para el año fiscal en curso. Una vez asignado el presupuesto, 39 parejas recibirán el incentivo el cual será entregado después de que la Oficina del Contralor de Finanzas haga los arreglos. Las parejas deben registrar su matrimonio inter castas y hacer la solicitud a la Oficina de Administración del Distrito para que les entreguen el dinero.
Han habido quejas de que no se entrega el dinero proporcionado por el Estado. Después de cumplir los requisitos y visitar el DAO varias veces, Suresh Lohar y su

"Prisioneras de tradición, la historia real"

esposa Khusi Chaudhary de Dhansinghpur y Parbati nepalí y Mahesh Rana de Dhangadhi son parejas que no han recibido la ayuda económica.

Hay personas que se casan únicamente para recibir el incentivo económico proporcionado por el gobierno. Bhavana Thapa (nombre cambiado) de Kanchanpur tenía un matrimonio inter castas hace un año y ella siente que se casó sólo para recibir el dinero. Ella dice: "En primer lugar, me casé falsificando mi casta. La forma en que mi marido se comporta conmigo después de recibir el auxilio me hace sentir que sólo se casó por dinero. Mis padres no aceptan mi matrimonio y tendré que vivir por mi cuenta. "

Según el Abogado Janaki Tuladhar de Dhangadhi, la violencia contra las mujeres se incrementó después de que el matrimonio inter castas se convirtió en un fracaso. Ella dice: "La política del gobierno proporcionando el incentivo económico es muy positiva pero los hombres que se casan por amor al dinero es probable que más adelante torturen sus esposas.

Hay muchas parejas que han tenido éxito el matrimonio inter castas. Las familias han aceptado este tipo de uniones después de algún tiempo y si éstas no los aceptan, la vida puede ser satisfactoria si el marido y la mujer viven juntos y felices.

La mayoría de las veces, las mujeres son las víctimas. "

(Khema es un reportero de Rastriya Sandarva diario de Kailali)
(Sancharika Feature Service

"Prisioneras de tradición, la historia real"

Publicado el 14/03/2014 13:25:09
Fuente:
http://theweek.myrepublica.com/details.php?news_id=70996
Rooted Custom

En el comienzo de otra temporada de bodas, Kalpana Sharma advierte contra la creencia de que el acoso relacionado con la dote de las novias jóvenes ha desaparecido.

Noviembre de 2002: Se ha tardado 16 largos años para que un tribunal condene a cinco personas acusadas de la muerte de una joven. Ella fue asesinada por su esposo, sus padres y hermanas. ¿La razón? No llevó suficiente dote y se negó a cruzarse de brazos y aceptar la tortura y el hostigamiento.

El 27 de abril de 1982, se casó con Mina Kamlakar Bhavsar en Nasik. Al igual que muchas mujeres hindúes, entró a su domicilio conyugal sin saber que pronto moriría. En lugar de hallar la felicidad, encontró golpes y hostigamientos por no llevar una gran dote, Por último, Mina dejó su domicilio conyugal y presentó una denuncia contra su marido por acoso.

Pero la historia no terminó ahí. Con el pretexto de una Pooja, Mina fue llevada de vuelta al domicilio conyugal el 28 de abril de 1986 y misteriosamente "cayó en una chimenea", sufriendo quemaduras en un 94 por ciento que le causaron la muerte. Gracias a la perseverancia de la fiscalía pública, Pravin Singhal, el caso llegó al Tribunal Superior de Mumbai, donde se estableció de manera concluyente que la muerte de Mina fue forzada.

Un tribunal de primera instancia condenó al esposo, sus padres y sus hermanas por complicidad en el asesinato de

138

"Prisioneras de tradición, la historia real"

Mina. Los cinco acusados deben pagar tres años de prisión por un cargo y 10 años de presidio por otro delito mayor.

Este es sólo uno de los casos y se ha llevado 16 años de investigaciones. Hay miles de éstos que ni siquiera llegan a los tribunales inferiores. Se debe a las lagunas en la ley. Pero también a que las personas encargadas no persisten en su tarea. Los padres de las niñas asesinadas brutalmente se dan por vencidos y viven con su dolor y su culpa porque en muchos casos, alentaron a sus hijas para volver al sitio del tormento y muerte.

Por lo tanto, al comenzar otra etapa de bodas, tenemos que recordar que lo mismo ocurre con la dote. "Quema Novias". "Muertes por dote". Éstas son frases que ya no se leen en los periódicos. Parece que las mujeres no caen de forma rutinaria en las estufas de querosene quemándose hasta morir como lo hicieron en el pasado. Quizá, hoy en día hay formas más sofisticadas para matar a una mujer, sobre todo a una joven novia.

Aunque los medios de comunicación ya no escriben sobre muertes por dote tal como lo hicieron a finales de la década de 1970 y principios de 1980, cuando las mujeres hindúes se revelaron enérgicamente contra esta costumbre regresiva y exigieron cambios en la ley, no debemos engañarnos creyendo que el problema desapareció. De hecho, el feticidio femenino en los distritos más prósperos de este país, como es evidente que la proporción de sexos está en declive, es prueba suficiente que el valor de una hija no aumenta con el tiempo. Para la mayoría de las familias, las niñas son vistas como una carga.

Según una encuesta de 16 estados de la India Democrática de Mujeres (AIDWA), la práctica de dar y recibir la dote y

"Prisioneras de tradición, la historia real"

el consiguiente acoso a las mujeres jóvenes, aún continua a pesar de los cambios en la ley, las disposiciones adicionales en el código de procedimiento penal, de años de campaña y la sensibilización de los grupos de mujeres y otros. La encuesta, que se basó en las respuestas de 9.000 personas, confirma que, lejos de disminuir, la práctica de hecho ha crecido en la última década.

Lo que es peor, se ha extendido a las comunidades donde la dote nunca fue una costumbre. Por ejemplo, las novias musulmanas consiguen una Mehr y no toman una dote con ellos. La encuesta encontró que AIDWA dote se ha convertido en una práctica común entre algunas comunidades musulmanas. Del mismo modo, entre los grupos tribales, la familia del novio se supone que paga un precio por la novia. Hoy en día, el reverso está teniendo lugar y niñas tribales dan una dote.

De alguna manera la urgencia de hacer frente a esta costumbre ha desaparecido. Los grupos de mujeres participan en una serie de cuestiones. Pero el tema de la dote, que reunió a muchos grupos a finales de 1970, prácticamente ha decaído.

Por supuesto, es posible que el tema de la dote ya no sea un punto de reunión porque las damas reconocieron que no es sólo una costumbre, pero los problemas más grandes, tales como los derechos de las mujeres a heredar la propiedad, la igualdad con los hombres y la autorización económica que debe ser tenida en cuenta de forma simultánea.

Sin embargo, es bueno mirar dos décadas atrás y capturar la frescura - y en cierto modo la inocencia - de las primeras campañas anti-dote. Algo de esto viene a través de un pequeño (en términos de tamaño real) libro, El regalo de una

"Prisioneras de tradición, la historia real"

hija: Los encuentros con las víctimas de la dote por Subhadra Butalia (Penguin, 2002). Mrs. Butalia tiene 81 años de edad. Era mucho mayor que las mujeres que formaban parte de la campaña anti-dote. Lo especial de su libro no es sólo que ella decidiera grabar sus experiencias a una edad en que la mayoría de las mujeres asumen que su vida ha terminado, sino que ella lo hace con mucha honestidad.

El libro es simple, sin adornos y sincero. Narra el horror que sintió cuando vio desde su balcón que una mujer de clase media, a quien observaba diariamente fue quemada y asesinada mientras los vecinos observaban impotentes.- "La niña estaba ardiendo, gritaba y los vecinos salieron corriendo de sus casas.. Estaban paralizados." Mrs. Butalia fue una de mujeres que no quedaron estáticas. Hablaron públicamente manifestándose contra la dote. Hizo un seguimiento de estos casos. Ayudó al establecimiento de centros para mujeres en peligro y abogó por cambios en la ley.

El libro es un registro de aquellos primeros años. Algunas de las historias son familiares. El hilo conductor de todas ellas no es sólo la demanda por una dote que hace el marido de la víctima y su familia sino la falta de apoyo de sus propios padres. Ellas sufren torturas en silencio. Los grupos de mujeres que deseaban ayudar a las víctimas visitaron a los padres de familia quienes les dijeron tener otras hijas que debían casar. Dos décadas después el sentimiento se mantiene intacto. Y debido a esto, las novias siguen siendo hostigadas, torturadas, quemadas - o "matadas".

Kalpana Sharma
11 2002
Kalpana Sharma es Editora Adjunta con The Hindu, y colaboradora habitual de la India Together. Sus opiniones,

"Prisioneras de tradición, la historia real"

que aparecen en una columna regular en The Hindu, se publican simultáneamente en la India, junto con el permiso.
• Relacionado: India Together Opinión y Editoriales
• Comentarios: Cuéntanos lo que piensas de esta página.
- Ver más en: http://indiatogether.org/opinions/kalpana/dowvict.htm # sthash.PMD2VCiy.dpuf

Mangalore Presuntas torturas por el marido conduce joven mujer al suicidio
Daijiworld Media Network - Mangalore (NM)
Mangalore, 17 de diciembre: A 24 años de edad, mujer casada, que se suicidó al parecer debido a la tortura de su marido y de su familia, falleció en un hospital privado aquí el martes 17 de diciembre.
La mujer fallecida es identificado como TM Sumitha de Polali, que se casó con Sunil Kumar, al parecer un miembro de Bajrang Dal desde Pumpwell, el 26 de mayo de este año.
Según informes Sumitha había consumido casi 100 tabletas con la intención de suicidarse. Fue llevada de urgencia a un hospital privado, donde expiró el martes después de luchar por la vida durante una semana en la unidad de cuidados intensivos (UCI).

Sumitha había intentado suicidarse en una ocasión anterior también, dijeron fuentes, pero el intento fue frustrado. Un amigo cercano de Sumitha dijo daijiworld en un correo electrónico que Sumitra siempre se había quejado de su marido, que al parecer fue torturando mentalmente y físicamente.

La declaración de Sumitha a la policía en la UCI
Sumitha, mientras que en la UCI durante una semana, narró a la policía que su marido y suegros había acosado continuamente y la torturaron lo largo de sus seis meses de

"Prisioneras de tradición, la historia real"

vida matrimonial.

Su hermano Mohan dijo: "Cuando llegamos casada con Sunil, fuimos engañados en la creencia de que no tenía malos hábitos. Pero más tarde nos dimos cuenta que era adicto al alcohol y tenía un montón de otros malos hábitos también. Peor aún, Sunil obtendría sus amigos a su casa y fiesta hasta la madrugada, y su esposa se vio obligada a permanecer despierto hasta la medianoche sólo para servirles. Sumitha también había dicho a la policía sobre el acoso continuo de una dote adicional de Rs uno lac ".

Sus últimos días
"Tenemos sus Rs gasto casados 16 lac y le dimos al menos 20 soberanos de oro. Siempre que había una pelea entre el marido y la Sumitha, fuimos allí y nos acomodamos el tema. Todo lo que esperábamos era que iban a estar en buenos términos pronto. Fue sólo cuando ella llegó a casa el 9 de diciembre, que nos dimos cuenta de lo mucho que su marido y sus suegros habían torturado y le acosaron. No había oro en su cuello, excepto el mangalasuthra. Sunil había hipotecado todo el oro dado a Sumitra, "su hermano Mohan alegó.
Dijo además, "Sumitha había traído gran cantidad de tabletas que no nos conocemos. El 09 de diciembre la noche, mientras dormimos, Sumitha consume todos los tablets. A la medianoche, ella gritó por ayuda ya que no podía soportar el dolor, y la llevó al hospital, donde, tres días más tarde, nosotros y la policía acerca de su vida de casada infeliz dijo ".
Dos caso separado se han registrado contra su marido y suegros en Bantwal comisarías rurales y Kankanady.

Las fuentes dijeron que Sunil, sus padres y su hermana se fuga. Fuente:

"Prisioneras de tradición, la historia real"

http://www.daijiworld.com/news/news_disp.asp?n_id=207710
Publicado 11 de noviembre 2013

VARSHA Ramakrishnan, PARA EL CENTRO PULITZER
En julio de 2013, como parte de un proyecto con el Pulitzer en Crisis Reporting empecé a documentar historias personales de las víctimas de la violencia de la dote en la India. Con la ayuda de la Mahila Panchayat, una organización de base de los derechos de las mujeres en Rajokri [Nueva Delhi], tuve la oportunidad de hablar con Saraswati *. Ella quería que su historia sea contada sin cambios. He dejado que sus palabras explican la angustia y el dolor que se sufre por miles de mujeres en la India a causa de la extorsión dote.

Me desperté temprano en la mañana llena de anticipación y la emoción. Los tonos rojos anaranjados filtrados a través de las motas de polvo en el aire. La aplicación ceremonial de la cúrcuma a mi cuerpo comenzaría en tres horas. Me salté de la cama para usar el nuevo sari mi padre me había comprado. Por esta noche que tendría rojo bermellón en la despedida de mi cabello y dejar actuar durante mi nuevo hogar. Tengo 16 años y listo para dejar a mi pueblo de Raipurana [en el estado de Uttar Pradesh] para ir con mi marido para Rajokri [Nueva Delhi].

Han pasado 23 años desde el día en que me casé. Mi esposo abandonó a mí ya mis dos hijos el año pasado. Dijo que no había traído suficiente "Dahej" [dote] conmigo. Había pensado que ya que tenía cinco hermanos que hubiera recibido la dote, mi padre me enviaba con un gran dote. No sé que es peor-la vida sin él o haber vivido con él. Pero hoy me siento obligado a estar de pie, finalmente, con la cabeza bien alta y contar mi historia.

"Prisioneras de tradición, la historia real"

Me casé en el año 1990 y la única cosa que era coherente acerca de mi matrimonio era la paliza. Mi marido solía venir a casa todas las noches y no me dan una sola rupia. No tenía manera de alimentar a mi primogénito, [en ese momento a] hijo de dos años de edad. Solía golpearme constantemente y decir que mi padre no me había dado ninguna dote. Él insistió en sus preguntas a mí acerca de por qué me debe tratar bien cuando me trajo no "Dahej." Yo no valía nada.

Pensé que podría hacer que el matrimonio funcione. Yo no quería alarmar a mis padres. Él nunca me dejó ir a verlos de todos modos. Dijo que mis padres no nos hubieran dado cualquier cosa por lo que no debería estar permitido ir a casa en su gasto. Vendí todas mis joyas para él para comprar un terreno en Rajokri. Hubo 160 dólares a la izquierda y se desperdició la compra de alcohol. Él nunca ir a trabajar y cuando lo hizo, nunca me dio nada para gastar en los gastos del hogar.

Yo quería comer a mis hijos. Tuve dos hijos para entonces. No podía dejarlos morir de hambre nunca más. Así que decidí ir a trabajar como obrero de baja categoría durante el día. Me aseguré de que nunca supo que yo iba a trabajar. He trabajado muy duro estos años; No comí el almuerzo todos los días. El poco dinero que podía ahorrar solía alimentar a mis hijos y enviarlos a la escuela. Cuando mi esposo se enteró de que yo había estado ganando [dinero], me golpeó toda la noche. Me dijo que si yo quería trabajar y ganar dinero yo me vaya, que no tenía lugar en su casa para mí. Me dijo que ya no servía para nada como una novia sin dote y ahora estaba tomando distancia de su virilidad también. Comencé a preguntarme si estaba bien. Yo no sabía qué más hacer.

Cada día era una lucha para conseguir justo fuera de la cama

"Prisioneras de tradición, la historia real"

por la mañana. ¿Por qué estaba siendo tratado tan mal cuando estaba haciendo todo lo posible para mantenerlo feliz? Mi corazón estaba cada vez más distante. Y entonces un día me dijo que deberíamos vender el terreno y pasar a la aldea de su padre. Yo quería que mis hijos tengan un futuro. Si ellos fueron educados podían conseguir un trabajo - incluso si no es un trabajo algo del gobierno en el sector privado. Me negué y entonces me fui.

Yo estaba destrozada. No pude para el mundo de mí pensar en cómo podría sobrevivir sin marido y con tres hijos. Mi vida, tan terrible como era, parecía más sombrío. Y entonces empecé a pensar en lo que fue el punto de vivir con un hombre así. Tuve mis hijos y eso fue suficiente. Mi objetivo era hacerse cargo de ellos, educarlos y asegurarse de que podían estar de un día sobre sus propios pies.

Hoy trabajo como guardia de seguridad en un centro comercial en la ciudad de Nueva Delhi. Me levanto por la mañana asegurarme de que mis hijos vayan a la escuela, terminar las tareas del hogar y dejan para el servicio hasta la tarde. Mi hijo mayor acaba de comenzar su Licenciatura en Artes, mi segundo hijo está en el décimo grado y mi hija está en el octavo grado. Estoy muy orgulloso de ellos. Mi hijo mayor sueña con estar en el equipo de cricket de la India algún día. Mis hijos son mi mayor fuerza y apoyo. Ellos me dicen todo el tiempo ahora de no dejar a su padre en la casa de nuevo.

Con la ayuda de la Mahila panchayat [organización de derechos de las mujeres] en el pueblo Rajokri Nueva Delhi, me volví más autosuficiente y seguro. Me inscribí en la escuela y ahora he terminado mis estudios a través de décimo grado. No gano mucho, pero quiero que el trabajo que hago para ser honesto, así que soy conocido por la calidad de mi trabajo. Con mi trabajo voy a llevar a mis hijos a ser bien educados y fuerte.

"Prisioneras de tradición, la historia real"

Realmente no quiero ir a un abogado y poner mis derechos. Hacia el final, mi marido había vaciado nuestra cuenta bancaria de los últimos de nuestros ahorros. Los miembros Mahila Panchayat me ayudaron a entender que era ilegal que un hombre me extorsiona y me tortura para la dote. Intenté ir a un abogado una vez y establecer una fecha de corte. Asistir a una cita en la corte requiere que tome todo un día libre en el trabajo por lo menos dos o tres veces en un mes. ¿Cómo voy a alimentar a mis hijos si pierdo un día de salario? Yo trabajo siete días a la semana incluyendo domingos. Yo no tengo el tiempo para ir a la corte y se sientan todo el día esperando años para que consiga en cualquier parte del caso. Así que decidí dejarlo. No hay manera de que voy a recibir la justicia y he hecho las paces con eso hoy.

* Apellido de Saraswati se ha retenido para proteger su identidad y por su seguridad. Fuente: http://pulitzercenter.org/reporting/asia-india-dowry-price-violence-bride-marriage-illegal-beatings-children-poverty-abuse
NGOs Plan de Acción en Surashtra como crimen contra la mujer monta
Narandas Thacker, TNN | 12 de noviembre 2003, 22:16 CET
* Una niña de 10 años de edad, se casó con un hombre sordo y mudo en el pueblo Baroi de Mundra en el distrito de Kutch, es sometido a tortura física y mental de su marido. Ella tiene dos hijos, pero luego busca el divorcio como la prueba se hace demasiado insoportable. A continuación, se ve obligado a volver a casarse, sólo para empujarla en más sufrimiento como su segundo marido comienza a torturar a sus dos hijas con ella.

"Prisioneras de tradición, la historia real"

* En el pueblo Vishalia del distrito Amreli en Saurashtra, la mujer se administra descargas eléctricas por días, volviendo la casi demente.

* Estar en desventaja en una sociedad intolerante tal vez no era suficiente problema para esta mujer de la aldea de Pithalpur de taluka Ghogha del distrito de Bhavnagar. Casada con un joven minusválido, es torturada por la dote que lleva a su muerte.

* Una mujer en Khambha aldea aldea del distrito de Amreli, que tuvo que soportar severa paliza por no llevar en la dote, no está a salvo, incluso cuando estaba embarazada. Atado a un árbol, que se bate como el lado de los aldeanos con sus suegros. Ella ha expulsado de la casa sin sus hijos.

De Rajkot: Estas son algunas de las impactantes revelaciones hechas en un informe llevado a cabo por un grupo de NGO que trabajan en la región de Saurashtra y Kutch.

Alarmada por la tendencia, a mitad de una docena de organizaciones no gubernamentales que trabajan en temas de mujeres han comenzado un movimiento para inculcar masivo despertar sobre la violencia contra la mujer y velar por sus intereses.

El movimiento - i ® Stree Hinsa Virodhi Jagruti Zumbesh 'o una campaña para crear conciencia sobre la violencia contra las mujeres, es retomado a nivel de base en los pueblos junto con la ayuda activa de los hombres en la zona.

Las campanas de alarma sonaron por estas mujeres NGO cuando una encuesta sobre la violencia contra las mujeres en los últimos cinco años en Surendranagar, Bhavnagar, Amreli y Kutch actuó como una revelación.

La encuesta, que reportó 927 incidentes, indicó que el distrito Surendranagar encabezó la lista de la violencia contra las mujeres sólo en 2002. La encuesta abarcó 140 aldeas directamente y 800 aldeas indirectamente. Los incidentes de violencia varían de homicidio, intento de asesinato, violación, golpiza y la tortura física a la tortura mental y el acoso por la dote.

Las NGO, que han tomado las porras contra esta plaga incluyen Mahila Vikas Sangathan en Kutch, Utthan, Navjyot Mahila Vikas Sangathan y Samaj Kalyan Kendra en Bhavnagar y Amreli y Mahila Samkhya Sociedad y Swati en el distrito de Surendranagar.

Las NGO ahora están tomando un enfoque de dos vías - ayudar a las mujeres en peligro y buscar la ayuda de los hombres para combatir la amenaza. También han planteado una fuerza de las trabajadoras que se abren en abanico en la región y ayudar a inculcar un sentido de confianza entre las víctimas y ayudar a resolver sus problemas.

La encuesta revela que, aparte de la amenaza dote, otros motivos que representan el tipo de violencia contra la mujer incluye la relación ilegítima del marido, el hábito de beber, débil situación económica, la infidelidad e incluso la indiferencia, en connivencia de la policía. Fuente: http://timesofindia.indiatimes.com/city/ahmedabad/NGOs-plan-action-in-Srashtra-as-crime-against-women-mounts/articleshow/280222.cms

Meerut: Una mujer ha alegado que fue torturada en su domicilio conyugal e incluso marcado por barras de hierro al rojo vivo.

La mujer, que se conoce con el nombre singular de Renu dijo que fue golpeada por su marido Rohit, también conocido como Deepu.

El esposo estaba molesto de que ella se había negado a cumplir con sus exigencias de dote prolongados e incluso había amenazado con dejarlo.

"Después del matrimonio, él comenzó a exigir para la dote. Él incluso me envió de vuelta a casa con mi padre y le pidió

"Prisioneras de tradición, la historia real"

dinero. Mi padre le dio Rs.20, 000. Luego, dos meses más tarde comenzó a golpearme. En la noche del 15 de septiembre, mi marido y su tío llegaron y azotaron mientras estaba sentado en la cama. Mi marido me ató las piernas antes y después los grabó con un cuchillo caliente, un "Renu narrado.

Por suerte para Renu, sus parientes la rescataron y la llevaron a Patiala. El sueño del veinte años de una vida matrimonial feliz ha terminado dentro de los seis meses de matrimonio.

Los únicos recuerdos que ofrece son de la tortura física y mental regular de dinero de la dote.

La tía de Renu, Kamlesh Rani dijo, "lado del niño debe ser castigado severamente. por la comisión de un delito tan grave ".

Mientras tanto, Renu está de vuelta a casa de sus padres.

Fuente: http://ibnlive.in.com/news/woman-branded-tortured-for-dowry-demands/75229-3.html

Mujer joven torturado por la dote

Reportera

Bangalore: Cuando J. Gita Lakshmi accedió a casarse con su pariente lejano V. Narayan en mayo del año pasado, nunca había imaginado que ella tendrá que lidiar con las exigencias de la dote de su marido. Ni que iba a tratar de matar a ella y tratar de volver a casarse. Pero sus sueños se hicieron añicos incluso antes de celebrar su primer aniversario de bodas. Al parecer fue expulsado de la casa en la última semana de abril de este año y brutalmente agredida por su marido y suegros el 2 de junio.

Sra. Gita, que desde entonces había pasado a la casa de sus padres en Nandini Layout, narró su terrible experiencia al The Hindu el jueves.

Estaba casada con Narayana, un profesor en la Escuela Primaria Superior Gobierno en Basaveshwaranagar aquí, el 19 de mayo de 2010.

"Prisioneras de tradición, la historia real"

La humillación, la tortura
Según ella, en el momento de la boda, Narayana había recogido adornos de oro como dote de sus padres. Sin embargo, ya que el matrimonio, que había sido sometido a la humillación y la tortura, no sólo por su marido, pero su familia política.

"El 2 de junio de este año, llegaron en un vehículo de múltiples servicios públicos, irrumpieron en nuestra casa, crearon el caos durante casi una hora y nos asaltaron", dijo la Sra. Gita, que fue tratado en KC Hospital General de las lesiones en el cuello, el pecho, el estómago y las manos.

Policía Nandini Disposición han asumido un caso contra Narayan, su padre Venkateshappa, madre Jayamma, hermanos V. Vishwa y V. Chandrashekar y están investigando. Todo el cinco se fuga. Fuente: http://www.hindu.com/2011/06/11/stories/2011061162310300.htm

Jaipur: Para una mujer de 28 años de edad, de un pequeño pueblo en el distrito de Rajsamand, el matrimonio resultó ser una experiencia traumática para ella. Ella no sólo perdió la visión en uno de sus ojos después de haber sido torturado por la familia política, pero incluso fue penalizado por el panchayat del pueblo para levantar la voz en contra de su esposo.

Rani (nombre cambiado) empató el nudo nupcial con un hombre del pueblo después de que su familia ha seleccionado el novio para ella. Pero poco después de su matrimonio, su familia política comenzó a acosarla sin dinero en efectivo y joyas de traer a su satisfacción. Fue torturada y maltratada en la medida en que ella sufrió una lesión grave en uno de sus ojos.

A pesar de su reiterada petición, no fue llevado al hospital para recibir tratamiento médico y perdió la visión de su ojo lesionado. Sin embargo, cuando se le informó a sus padres

"Prisioneras de tradición, la historia real"

sobre el incidente, fue nuevamente acosada y luego resultó de la casa de los suegros.

Sobre esto, el padre de Rani se reunió con ella en las leyes y les solicitó no maltratar a su hija por el bien de dinero y expresó su incapacidad para dar más en efectivo para ellos. Pero, les irritó aún más y se le negó la entrada a ella en la casa. La víctima y su padre y luego se acercaron a la aldea panchayat (consejo) para mitigarla, que a su vez le impuso una multa de 1 lakh `de la familia para iniciar una acción en contra de las leyes-.

Policía Rajsamand dijeron que una queja se ha recibido en este sentido y la materia es objeto de investigación. Fuente: http://daily.bhaskar.com/article/RAJ-JPR-tortured-for-dowry-woman-loses-vision-2186227.html

SERVICIO DE NOTICIAS DEL HIMALAYA

Rajbiraj: Veintiséis años Rakhi Jha de Padariya en Rajbiraj, decidió hoy a salir en público para exigir justicia después de que su matrimonio de una-y-un-medio año sólo trajo su humillación y la tortura física.

La organización de una conferencia de prensa hoy, Rakhi Jha describió cómo había soportado la tortura durante más de un año. Instó a la autoridad correspondiente para proporcionar a su justicia.

Según Jha, que había atado el nudo con Prabin Jha de Rajbiraj hace uno-y-uno-mitad-año. "Mi padre había ofrecido lo dote que podía darse el lujo de mi familia política", dijo, y agregó: "Mi esposo y suegros utilizadas para mí thrash ya que sus expectativas eran muy altas."

Rakhi dijo que el matrimonio casi deletreado doom para ella como ella fue torturado física y mentalmente casi todos los días después de que ella les habló de la incapacidad de su familia para ir a buscar la dote que esperaban. "Los

"Prisioneras de tradición, la historia real"

miembros de la familia empezaron a golear desde el momento en que me casé", dijo. Rakhi dijo además que su marido la golpeaba hasta después de emborracharse incluso sobre cuestiones menores. "Mi esposo nunca mostró el amor y el afecto," Jha lamentó.

Según Jha, su marido y sus suegros había amenazado con matarla si se hizo pública la cuestión. Vecinos Nagendra Jha, Ghanashyam Jha, Lalit Jha, Parandhar Jha, Diwakar Jha y otros resultaron heridos cuando intentaban proteger Jha de sus suegros. Nagendra Jha dijo que había recibido un corte profundo en la cabeza cuando fue atacado por personas contratadas por Jha de los suegros. Nagendra dijo que los atacantes habían destrozado su moto.

La víctima también denunció que la policía no intervenir para salvarla de la tortura, incluso después se presentó una denuncia en su contra en-laws.Meanwhile, DSP Shyam Singh Chaudhary dijo que un caso se había presentado en la oficina de la policía por Jha.

- Ver más en: http://www.thehimalayantimes.com/fullNews.php?headline=Woman+tortured+for+dowry+seeks+justice&NewsID=382425#sthash.s0kgietq.dpuf

Anuncio de RandomPrice. Más información | Ocultar Estos anuncios
Últimas Noticias en las ciudades
• Los días de calor por delante, pero sin ola de calor en Delhi 'Inspiración Vastav' • extorsionador y asesino detenido
• Las fuerzas de Man esposa beber limpiador inodoro sobre la dote
• Examen físico de Policía afirma tercera víctima en Mumbai

"Prisioneras de tradición, la historia real"

- Mujer vende su hija recién nacida para Rs 1500
- Los residentes de Campa Cola niegan a moverse
- El abuso verbal cicatrices ancianos en Chennai
- defensores de las mujeres les niega el acceso al baño, alega PIL
- 4 reservado para hacer trampa aspirantes de trabajo extranjeros
- Tres detenidos por hacer certificados falsos

más

Tortura dote: Mujer termina la vida con su hija de 9 años de edad,
Alka Tiwari, TNN | 1 de mayo de 2014 01.23AM IST
Nagpur: Torturado por su marido y la tortura en las leyes de la dote, una mujer se suicidó con ella 9 años de edad, hija en Aashirwad Nagar, Sakkardara, la noche del martes. Se encontró que los cuerpos de Tarrannum Shaikh, de 23 años y su hija Fátima Jainab flotando en un pozo cerca de su residencia Aashirwad Nagar. La policía ha detenido al marido de Tarrannum y cuatro en-leyes.

Mientras que la policía Sakkardara afirmaron que fue un suicidio, los familiares de Tarrannum han alegado asesinato. Sus padres dijeron que las leyes en-y su esposo la mató el dúo de madre e hija y arrojaron los cuerpos en el pozo.

El suicida condujo a la tensión en la comisaría de Sakkardara durante una hora en la tarde del miércoles, cuando los padres y familiares de los fallecidos realizaron una protesta con los cuerpos. Los cuerpos fueron posteriormente adoptadas por la cremación después policías aseguraron de registrar un caso en contra de los acusados.
En una denuncia presentada por el padre de Tarrannum, Mohammad Shafi, de 57 años, residente de Kuhi, la policía reservado marido Firoz Shaikh, de 30, y en las leyes Gulab Shabeer, 55, Khursheed Shabeer, 52, Mohammad Waseem,

27, y Tabassum Sabeer, 19 , todos los residentes de Aashirwad Nagar de instigación al suicidio y la muerte dote.

Los familiares dijeron Shafi es dueño de un negocio de transporte bien establecida. Shafi dijo en su denuncia ante la policía que en el momento del matrimonio de Tarrannum en abril de 2012 que había dado Rs 3 lakh dote. A pesar de esto, Firoz Shaikh y sus padres estaban exigiendo Rs 5 lakh efectivo y 3 acres de tierras de Tarrannum. Shaikh quería empezar una granja de cabras. Su padre es un agente en el mercado de algodón.

Firoz y sus padres estaban torturando Tarrannum para la dote de pasados muchos meses. Los vecinos dijeron que el martes Tarrannum y su hija habían ido a encontrarse con su tío hospitalizado, que había tenido un accidente. Sin embargo, cuando regresó a casa, Firoz y sus suegros le goleó mal y ella y Jainab Fátima echaron fuera de la casa.

A la mañana siguiente, los vecinos encontraron sus cuerpos flotantes en el pozo. No se nota suicida fue encontrado por la policía. Los cuerpos fueron trasladados para la post mortem al Gobierno Colegio Médico y Hospital.

La policía también ha reservado Tarrannum por el asesinato de su hija. Fuente: http://timesofindia.indiatimes.com/city/nagpur/Dowry-torture-Woman-ends-life-with-9-year-old-daughter/articleshow/34441525.cms

"Prisioneras de tradición, la historia real"

Made in the USA
Columbia, SC
20 February 2022